NHK俳句

俳句上達9つのコツ

じぶんらしい句を
詠むために

井上弘美
Inoue Hiromi

NHK出版

はじめに

この本は、俳句を詠《よ》んでみたいと思う人、基本に立ち返って俳句作りをレベルアップしたいと思う人のために作りました。そのために、ぜひ覚えたい名句・秀句とともに、豊富な添削例をテーマごとに並べ、基本篇から応用篇まで、失敗しやすい点や注意点をわかりやすく解説してあります。また、上達のためのポイントや工夫のしかた、俳句表現のテクニックについても紹介しました。

この本では全体を9章に分けて、それぞれ上達のコツを解説しました。1〜3は基礎篇で、俳句を詠むための三つの約束について具体的に解説しました。この部分は入門篇ですが、この段階で早くも差がついてしまうので、解説をよく読んでよりよいスタートを切りましょう。

4〜6は実践篇で、何をどんなふうに詠めばいいのか、身近な題材をもとに解説しました。特に5、6を押さえることが上達の近道です。

7〜9は応用篇。俳句に生かしたいさまざまな表現方法を実例をもとに紹介しました。また、それらのテクニックを遣って「わたしの一句」が詠めるように練習問題を付けました。8には俳句を作り慣れてきた方が陥りやすい失敗点をあげてあります。ここを上手にクリアしましょう。俳句は基本的に「今」を詠む文芸ですが、思い出を詠む方法についてもアドバイスしました。

俳句は多作多捨といって、地道に一歩一歩進むしかありませんが、それでも上手な歩き方はあります。「NHK俳句」の誌上添削教室を三年間担当していて、多くの方が同じところで躓《つまず》いていらっしゃることを実感してきました。その躓きを整理して、躓かない方法や解決法などをアドバイスしてあります。また、巻末には「旧仮名遣いの基礎知識」と「覚えておきたい四季の秀句」を付しました。秀句集ではこの本に引用されている秀句を季節別に並べ、簡単な鑑賞を添えました。上達のポイントとともに覚えることで基本型が身につきます。また季節の名句集としても、鑑賞の手引きとしても楽しむことができます。旧仮名の使用方法についても、例句によって実践的に学ぶことができます。折に触れて開き、繰り返し確認して下さい。

せっかく出合った俳句なら、基本をしっかりマスターして、早く俳句の醍醐《だいごみ》味を実感したいものです。今、俳句は「HAIKU」として世界中で楽しまれています。しかし、季語があるのは日本だけなのです。季語があることで、俳句は豊かな、しかも誰でも親しむことのできる文芸になりました。季語は磨き抜かれた季節の言葉であるだけでなく、背景に文化をもっています。そんな季語を使って俳句を詠むことで、自然や文化を見る目は一変します。また、季語があることで、人と人が深く共感しあえるのです。俳句は開かれた文芸です。自分らしい俳句を詠むためにレッスンを始めましょう。

目次

1 五・七・五を生かしきる

くろがねの秋の風鈴鳴りにけり　飯田《いいだ》蛇笏《だこつ》

「風鈴」は夏の季語ですが、この句が捉えているのは「秋の風鈴」。それも鉄の風鈴です。夏には涼やかな音色を放っていた風鈴も、秋の深まりとともに、澄んだ音色がかえって寂しく聞こえます。「風鈴」は誰でも知っていますが、この句は鉄の風鈴を「くろがね」と表現したことで、秋風の中に忘れられたような風鈴の存在を示したのです。

俳句は、難しい言葉を使って特別なことを詠む必要はありません。私たちが普段見慣れていることを、少し立ち止まってよく見たり感じたりすることで、何か発見があったり、新しいことに気がついたりしたら、それを詠めばいいのです。俳句の約束は三つです。まずこれを覚えましょう。

――俳句の約束

①十七音字：俳句は五・七・五のリズムにのせて詠みます。
②季語：俳句は季語を一つ入れて詠みます。
③切れ：俳句は切れがあることで、広がりが生まれます。

これらは「有季定型《ゆうきていけい》」の俳句の場合の約束で、季語を使わない俳句（無季《むき》）や、十七音字にこだわらない俳句（自由律《じゆうりつ》）もあります。しかし、一般的に「俳句」といった場合には「有季定型」をさします。したがって、ここにあげたのはもっともオーソドックスな俳句の約束です。

俳句は五七五の「十七字」と思っている人にとって、「十七音字」は聞き慣れない言葉でしょう。しかし、正確には「十七音字」なのです。たとえば、図書館は「トショカン」で、文字数を数えると五つあります。でも「ショ」のような拗音《ようおん》（この場合は「ョ」）を含む言葉は一音で読むため、四音になるのです。ただし、「切符」のように「キップ」と促音《そくおん》（この場合は「ッ」）を含む場合は、促音も一音に数えますから三音になります。冒頭の句は「クロガネノ／アキノフウリン／ナリニケリ」ですから五・七・五のリズムにのせて、十七音字になっています。

❶ 音数の数え方

チューリップ喜びだけを持つてゐる　細見綾子《ほそみあやこ》

この句は「チューリップ」を幸福の象徴のように捉えていて、春の光を浴びて色とりどりに咲くチューリップが見えるようです。音読すると「チューリップ」は五音。拗音、長音、促音を含んでいるので、音数の数え方を覚えるのにぴったりです。春の代表的な花「チューリップ」とともに、音数の数え方をマスターしてください。

「チュ」は一音　「キャ」「シュ」などの拗音を含むものは一音
「ー」は一音　「サーカス」などの「ー」部、長音は一音
「ッ」は一音　「きっと」「カット」などの「ッ」、促音は一音

←

つまり、「チュ」「ー」「リ」「ッ」「プ」は五音になります。

❷俳句の各部分の名称

これから、俳句についていろいろ説明していくので、基本事項をマスターしましょう。まず、俳句の各部分の名称を覚えます。

○○○○○／○○○○○○○／○○○○○
上五　中七　下五

それぞれ、「かみご」「なかしち」「しもご」と読みます。なお、「上五」は「打出し」、「下五」は「座五《ざご》」とも呼びます。

❸字余《じあま》り・字足《じた》らず

俳句は五・七・五のリズムにのせるのが約束ですが、次の二句は五・七・五のリズムになっていません。

A：この樹登らば／鬼女となるべし／夕紅葉　　三橋鷹女《みつはしたかじょ》

7　7　5

B：鬼灯市《ほおずきいち》／夕風のたつ／ところかな　　岸田稚魚《きしだちぎょ》

6　7　5

Aの句は合計十九音字、Bの句は十八音字でともに十七音字を超えています。このように十七音字を超えることを「字余り」と言います。

俳句は五・七・五のリズムにのせて音読するので、上の五音の部分、下の五音の部分が「字余り」になることは許されます。しかし、真ん中の七音の部分が乱れると、全体のリズムが破調《はちょう》になってしまいます。そこで、Aの句もBの句も真ん中の七音は守っているのです。

また、これら二句は、「字余り」にすることの効果を考えて詠まれている点にも注意が必要です。たとえば、Aの句は字余りにすることで「鬼になってしまうに違いない」というある激しい心情を強調し、Bの句では夏の夕暮れの涼やかな風を表現しているのです。

「字余り」の逆は「字足らず」と言います。いずれにしても、俳句の基本は五・七・五です。初心の間は、「五・七・五」のリズムを崩さないように詠むことを心掛けましょう。

❹ 字余り・字足らずの解消

次にあげるのは字余り・字足らずになってしまった場合の解消法です。三例とも真ん中の部分が七音になるように添削してあります。俳句は五・七・五。とりわけ真ん中の七音を守る、と覚えてください。

原句 **霧の朝かけ声大きく躱《かわ》しけり** 後藤みさ緒

作句意図 朝のウォーキングの時、濃霧の中で知らない人同士が大きな声を掛け合っていました。

いい題材だと思いますが、第一に「躱す」は「身をひるがえして避ける」という意味なので「交はす」に。そして何より中七の「かけ声大きく」の八音を解消することが大切です。

添削例 **どの人も声交はし行く朝の霧**

原句 **聞き違い咎《とが》められし余寒かな** 相馬靖秧

作句意図 少し耳が遠くなって、聞き違いを咎められたときの寒々しい気持ちを詠んでみました。

「余寒」は春になっても残る寒さのことですから、精神的な寒さをも捉えていていいと思います。残念なのは中七が六音になっていることで、これは簡単に解消できますから、調べを整えます。なお、「聞き違い」は旧仮名では「聞き違ひ」と表記します。

添削例　**聞き違ひ咎められたる余寒かな**

原句　**アネモネや壁に掛かりし能面**　野上浩志

作句意図「アネモネ」と「能面」の組み合わせで詠んでみました。

アネモネのモダンな雰囲気《ふんいき》に対して静かな「能面」を置いた点が斬新《ざんしん》です。ただし「能面」は通常「のうめん」と読み、下五が四音になるので、音読したときにまとまりがありません。そこで、「能面」を中七に移動して調べを整えました。

添削例　**アネモネや能面壁に掲げられ**

上達のポイント

リズムにのせる

俳句は詩なので、音読したとき「五・七・五」のリズムにのっていることが大切です。したがって、「百日草」「釣船草」などの季語や「音楽会」「博物館」など、六音になる言葉は一句の下に置きます。〈病める手の爪美くしや秋海棠《しゅうかいどう》　杉田久女《すぎたひさじょ》〉という句がありますが、こうすると、視覚的に安定感がある上に、音読したときにもまとまりがいいのです。

2 季語・傍題遣いで差をつける

❶ 季語と出合う

私たちの日常は季語に囲まれています。朝、窓から射し込む光ひとつをとってみても、四季折々変化を見せます。春は鳥の囀《さえず》りとともに明るく、夏は木々の緑とともに涼しく、盛夏には蟬《せみ》の鳴き声なども聞こえます。秋は爽涼《そうりょう》たる大気とともに透明感があり、冬は寒風が窓を打ち、冷たい光が射し込みます。私たちの日常は衣食住のすべてにわたって、季語にあふれているのです。

たとえば、五月のゴールデンウィークも、時候季語だけ見ても、晩春から立夏へ向かって、「八十八夜」「春の暮」「行く春」「春惜しむ」「夏近し」「五月来る」「立夏」と季語が集中しています。さらに「憲法記念日」「みどりの日」も季語。五月五日は「こどもの日」ですが、ちょうどこの日あたりが「立夏」。「端午《たんご》の節句」でもあるので「武者人形」「武具飾る」「鯉幟《こいのぼり》」などの季語とともに、「菖蒲湯《しょうぶゆ》」などの季語も使えます。

このように、俳句と出合うということは、季語と出合うということです。季語を通して日本語と日本の文化を再発見することができるのです。

俳句は季語の文芸であって、一句の決め手は季語といっても過言ではありません。どんどん季語と出合って、五・七・五のリズムにのせましょう。

❷『歳時記』をひらく

添削教室を担当していて実感したことは、使われている季語の種類が少ないということです。多くの方が、誰でも知っている季語で俳句を詠むので、変化に乏しいのです。『歳時記』をよく読むことは俳句の基本で、これは何年やっていても同じです。季語には四季の移り変わりそのものを始め、身近な動植物や食物など、日々季節を実感させてくれるものがたくさんあります。

しかし、意外なものが季語であったり、そうではなかったりするので、俳句を詠むためには『歳時記』が欠かせません。そこで、『歳時記』の使い方と活用法について書いておきます。

―傍題季語を使いこなす

『歳時記』にはさまざまな種類がありますが、大別すると、カラー写真などが入っていて解説や例句の豊富な大部なものと、携行に便利な小型サイズのものです。カラー版は知らない動植物や行事を理解するのに便利なので、ぜひ揃えたいところですが、まず最初に準備すべきは文庫版などの携行に便利な『歳時記』です。季節ごとの分冊になっているものなら、必要な季節だけを持ち歩くことができます。

では、開いてみましょう。たとえば「燕《つばめ》」は春の季語ですが、「燕」という項目を見ると、どんな『歳時記』でも、まず【燕】と書かれています。これを「主季語」と呼びます。その下に「乙鳥」「玄鳥」「つばくら」「つばくろ」「つばくらめ」「飛燕」「燕来る」「初燕」「朝燕」「夕燕」「里燕」などと書かれています。これを「傍題《ぼうだい》」と呼びます。「傍題」は言い換え季語、バリエーションで、これを覚えることで季語の数が飛躍的に増えます。

添削教室に、〈春風に押されてつづく万歩計〉という作品が投句されたことがありました。

「万歩計」を付けての日課の散歩に、日々春らしくなってゆく風景を楽しむ作者の姿が思われます。「春風」も一応成功しています。しかし、『歳時記』を開くと「春の風」を表す季語はたくさんあります。「春一番」に始まって「風ひかる」「春嵐」「春疾風《はやて》」「東風《こち》」「春北風《きた》」など、それぞれ吹く方向や強さなどを捉えています。さらに、同じ「東風」でも傍題に「強東風」「朝東風」「夕東風」「梅東風」「桜東風」などとあって、使い分けができます。例句の「春風」を「梅東風」とするとどうでしょう。〈梅東風に押されゆくなり万歩計〉こうすると、早春の風とともに咲き始めた梅がイメージされ、万歩計を付けて歩く姿が鮮やかになります。初心の間はどうしても使える季語の種類が少なく、片寄りがちです。しかし、季語をひと工夫することで句のイメージはずいぶん変わるものです。そのためにも、季語をたくさん覚えましょう。

上達のポイント

例句を読む

『歳時記』は主季語とともに傍題季語を覚え、例句で使い方を確認します。最初は例句の意味がわからなくても必ず読むようにします。こうすることで、俳句表現が身につき、俳句的センスが磨かれるのです。

――季語と季節のずれ

『歳時記』の季節と、実際の季節感が合わないという場合があります。たとえば、「雪」は冬の季語ですが、十一月の立冬前に「雪」が降ることもあります。そんな場合は実感に基づいて詠むのが基本です。季語は現場主義です。まずは実際に目にしたものを、たとえ季節が違っていても詠むことです。冬に咲いている秋の花や、春に残っている冬の花などの微妙な季節感を捉えるのは、上達してからの課題としましょう。

上達のポイント

『歳時記』の活用法

『歳時記』を使うことに慣れてきたら、常に現在より少し先の季語を確認するように心掛けます。たとえば、冬の終わりには立春以後の早春の季語を読むようにします。読むだけでなく、書き抜いてみるともっと活用できます。ぜひ使いたい季語などを句帳に抜き出しておいてもいいでしょう。新鮮な気分で新しい季節を迎えることができます。この新鮮な気分が作句の原動力になるのです。季節を追いかけていたのでは、いい俳句は詠めません。いつも『歳時記』を携行して、季節と季語を迎えましょう。

❸ 季重なり

俳句はわずか十七音字の小さな文芸ですが、季語があることで自然や心情をさまざまに詠むことができます。また季語を手掛かりにすることで、人の作品を味わうことができます。季語は俳句のキーワードなのです。したがって、基本的には一句に一季語と理解してください。名句には季語が二つ入っているものもあります。これを「季重なり」と言いますが、このような場合は、どちらの季語が主な働きをしているかがわかるように詠みます。しかし、あくまでも一つの季語で詠むのが基本です。

初心の人の場合は〈冬空に星冴えわたる寒さかな〉と、一句の中に三つの季語が詠まれていたりします。「冬空」「冴え」「寒さ」はみな冬の季語なのです。うっかり二つの季語が入っていたり、季語だと知らずに使ってしまったりしないように気をつけましょう。

原句

足裏のはしゃぐ素足の五月かな　松川茂子

作句意図 五月に入って清々しいので、靴下を脱ぎ、草の上に足をのせた時の気持ちを詠んでみました。

「足裏」の感覚で「五月」を捉えている点がいいと思います。ただし、「素足」が夏の季語なので「五月」と「素足」の両方を使うと季重なりになってしまいます。そこで、少し発想を変えて、「足裏」の草が「はしやぐ」と表現して清々しさを出してみました。

添削例　**足裏の草のはしやいで五月かな**

原句　**蟷螂《かまきり》をぱくりと食ひし緋鯉《ひごい》かな**　北川順一

作句意図　緋鯉が一瞬にして蟷螂を呑《の》み込んでしまったので、驚いて句に詠んでみました。

この句は劇的な瞬間を捉えた句で、景もよくわかります。しかし「蟷螂」は秋、「緋鯉」は夏の季語なのです。そこで、「緋鯉」を「真鯉」にし、表現を少し変えることで季重なりを解消しました。

添削例　**蟷螂をひと呑みにして真鯉かな**

❹ 季語は正しく使う

毎年五月になると、「五月晴《さつきばれ》」を季語とする句がたくさん詠まれます。しかも、そのほとんどが現在の暦、新暦の五月の青空をイメージした句になっています。五月のゴールデンウィークのころは季節の変わり目で、季語が集中しているということについては、「①季語と出合う」の項でも触れましたが、最近はゴールデンウィークの頃の晴天を「五月晴」と言う人が多く、誤用が一般化してしまっています。

『歳時記』を開けばわかるように、「五月」を「さつき」と読む場合は旧暦の五月、すなわち新暦の六月を指します。したがって、「五月晴」は梅雨の晴れ間の意味になります。同様に「五月雨《さみだれ》」は梅雨の雨のことです。たとえば、芭蕉《ばしょう》の〈五月雨をあつめて早し最上川〉や、蕪村《ぶそん》の〈五月雨や大河を前に家二軒〉も梅雨の増水した川を捉えているのです。

「五月」の「さ」は神に捧げる稲の意味で、そこから稲を植える月を「五月」というようになったと、ある『歳時記』には書かれています。季語は単なる季節を表す言葉ではなく、背景に文化をもっています。もう一つ例をあげましょう。「秋の夜」は秋の季語ですが、「夜の秋」は夏の季語です。日中は暑くても、夏の終わりになると秋を思わせるような凌《しの》ぎやすい夜が訪れることがあります。それを「夜の秋」という言葉で捉えたのです。その繊細な感性と言語感覚は文化が生み出したものです。したがって、字数に合うように勝手に分解して使ったり、省略したりすることは慎むべきです。季語を尊重することは文化を尊重することでもあるのです。

3 切字・切れでこう変わる

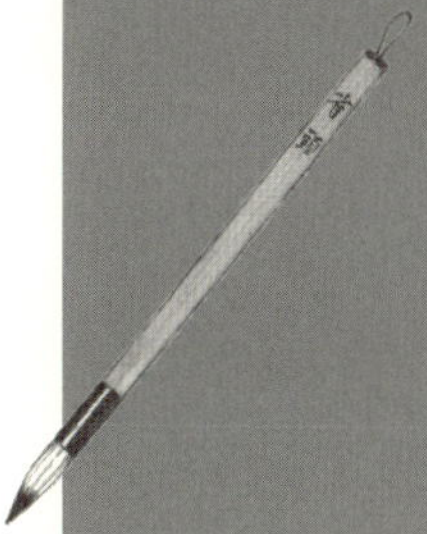

❶ 切字「や」

雁《かりがね》やのこるものみな美しき　　石田波郷《いしだはきょう》

この句は「雁」が季語で、秋の句です。「雁」は王朝時代から和歌に詠まれてきた伝統的な季語です。この句が詠まれたのは昭和十八年。作者の波郷は応召によって中国大陸に渡って行きました。入れ替わるように、海を渡って「雁」たちが日本にやって来るのです。「のこるもの」とは家族や友人、そして日本そのものです。

ところで、この句は、「雁」と「のこるものみな美しき」の二つの内容によって詠まれています。

A ＋ 切字 ＋ B
雁　や　のこるものみな美しき

この句の場合は、「A」と「B」の二つの部分の間に「切れ」が存在するのです。その「切れ」を示しているのが「や」です。この「や」を「切字《きれじ》」と言います。もう一句見てみましょう。

かたつむり甲斐《かい》も信濃《しなの》も雨のなか　　飯田龍太《いいだりゅうた》

梅雨期を象徴する小さな「かたつむり」に焦点を絞りつつ、「甲斐」と「信濃」という旧国名を取り合わせた句柄の大きい作品です。一句全体を雨に包み込んで、遥かな風景が広がっています。この句の場合、「かたつむり」は作品を決定づけているので他の季語に入れ替えることはできませんが、作品としては別の季語でも成立します。したがって「かたつむり」と「甲斐も信濃も雨の中」の二つの部分の間には、「切れ」が存在します。しかし、「切字」は使われていません。

A ＋ 切れ ＋ B
かたつむり　甲斐も信濃も雨のなか

このように、「切字」が使われる場合も、使われない場合もありますが、これらの句の場合は、「切れ」が存在することで、二つのまったく別のものによって新しい世界を創り出すことができるのです。

次の添削例は、「天高し」を「秋天や」と、切字「や」を使ってまとめた例です。

原句　**天高し九匹の母の乳房かな**　植松順子

作句意図　牧場の厩舎《きゅうしゃ》で、九匹も産んだ母豚の堂々たる姿と、大きな乳房に感動しました。豚という言葉を入れたほうが良いと思うのですが。

九匹の子豚を産んだ母豚が、「乳房」で表現されているのがいいと思いました。しかし、作句意図にあるように、「豚」の字が必要です。そこで「母」という言葉を使わないで、「産む」という表現を使ってみました。また、上五にはっきり切れがあるほうが、句がすっきり見え、景に広がりが出るので「や」を使いました。

添削例　**秋天や九匹産みし豚の乳**

次の二つの添削例は切字「や」の位置を変えて、それぞれ上五の季語に「や」の付いた形にした例です。

原句　籠《かご》を編む指の捌《さば》きや竹の春　広瀬高志

作句意図　竹を伐るのは十月から十一月と聞いています。したがって竹細工をするのもこの頃だと思いますが、歳時記には「竹の春」は九月とあって季語に迷いました。

竹細工の「指の捌き」に焦点を絞ったのはいいと思いますが、この場合、「竹の春」にこだわる必要はないと思います。むしろ「竹の春」はつきすぎなので、九月ごろの季節の爽やかさを出してはどうかと思います。

添削例　爽涼や竹籠を編む指捌き

原句　草ふかき墓参の小道露けしや　片桐傳一郎

作句意図　墓参の道は手入れもされず、草深いまま秋を迎えようとしていました。

素直に詠まれた句で、意味もよくわかります。しかし、「何がどうだ」という形になっているために、やや平板です。そこで、「露けしや」を上五に置きました。こうすると切字「や」がよく働いて、実感のある句になります。

添削例　露けしや墓参の道の草ふかく

❷切字「かな」・「けり」

虫の夜の星空に浮く地球かな　切字　大峯《おおみね》あきら

冬蜂《ふゆばち》の死にどころなく歩きけり　切字　村上《むらかみ》鬼城《きじょう》

これらの句は二つの別のものを組み合わせて詠まれているわけではありません。前の句は「地球」、後の句は「冬蜂」が詠まれているのです。しかし、この二つの句には「かな」「けり」という「切字」が用いられています。前の句では、虫の鳴く地球が宇宙に浮かんでいることの神秘を、切字「かな」によって感動的に捉えると同時に、一句全体をしっかり支えています。また後の句では、死に場所もなくよろよろと歩く冬蜂に対して、「(哀れにも)歩いていることだなあ」と、深い感慨をもって一句を言い切っているのです。どちらの句も音読をすると「かな」「けり」が響いて、一句の格調を高める働きをしていることがわかります。他の例を見てみましょう。

――かな

波はみな渚に果つる晩夏かな　友岡《ともおか》子郷《しきょう》

断崖をもつて果てたる花野かな　片山由美子《かたやまゆみこ》

正月の地べたを使ふ遊びかな　茨木和生《いばらきかずお》

第一句には、「晩夏」、第二句には「花野」という季語に「かな」が付いています。また、第三句には「遊び」という名詞に「かな」が付いています。このように、基本的に切字「かな」は名詞に接続し、その名詞を強調しつつ、一句全体を感動をもってまとめる働きをします。したがって、「かな」を使うときは、一句全体が上から下へつながるように詠むのが基本です。次の例をご覧ください。

原句

万緑に溶け込む列車木曽《きそ》路かな　村上禮之助

作句意図　六月の初めに木曽から信州に向かって列車の旅をしました。緑の鮮やかさに感じ入りました。

遠近感のある句で「溶け込む」という表現も成功しています。この句は「かな」と切字を使っているので、中七から下五へは続けてもいいかと思います。「万緑に溶け込む列車」とすると、「列車」のあとに「切れ」が生まれるのです。そこで「溶けゆく」とすると「木曽路」につながり、次第に溶けてゆく時間も表現できます。

添削例　**万緑に列車溶けゆく木曽路かな**

原句　**海の涯一直線の寒さかな**　山内　彰

作句意図　水平線まで見渡す限りの広さは、広さそのものに寒さを感じます。そんな遮るものもない寒さを一直線と表現しました。

発想のいい句だと思いました。何より「一直線の寒さ」のきりっとした表現が生きています。このままで十分なので、添削例は別案です。あえて「水平線」と「一直線」を重ねてみました。この場合は、水平線が一直線であることの寒さを表現した句になります。なお、この句の場合は「水平線」のあとに「切れ」が生じますが、「水平線」「一直線」を対句のように使うので問題ありません。

添削例　**水平線一直線の寒さかな**

原句　**風の揺る軒の藁《わら》しべ去《い》ぬ燕《つばめ》**　赤田とし枝

作句意図　我が家の軒の燕も子育てを終えて南国へ旅立ったのか、空巣に藁しべが揺れています。

「風」に揺れる「藁しべ」に、子育てを終えた燕を見送る思いがよく出ていると思いました。そこで、「藁しべ」が印象に残るように言葉の順序を入れ替え、下五に「かな」を置いてまとめました。

添削例　**藁しべの軒に吹かるる帰燕《きえん》かな**

――けり

神田川祭の中をながれけり――　久保田万太郎《くぼたまんたろう》

大海の端踏んで年惜しみけり――　石田勝彦《いしだかつひこ》

けふの月長いすすきを活けにけり――　阿波野青畝《あわのせいほ》

万太郎の句は「祭」が季語で夏。勝彦の句は「年惜しみ（む）」が季語で冬。青畝の句は「けふの月」が季語で秋です。この句は「すすき」も季語で季重なりですが、「けふの月」は中秋の名月のことで、もっとも美しい月を迎えるために「長いすすき」を活けたといっているわけですから、「けふの月」が季語なのです。
それでは「けり」の働きを見てみましょう。万太郎の句は「流れ」＋「けり」で動詞に接続。勝彦の句も「惜しみ」＋「けり」で動詞に接続。青畝の句は「活け」＋「に」＋「けり」で助動詞に接続しています。ここでちょっと日本語の動詞について考えてみましょう。たとえば「咲く」「読む」「泣く」「立つ」は「サク」「ヨム」「ナク」「タツ」と二音。それに対して「開く」「思う」「笑う」「坐る」は、「ヒラク」「オモウ」「ワラウ」「スワル」と三音です。もちろん「考える」など五音の動詞もありますが、二音、三音の動詞が圧倒的に多数なのです。そこで下五に「けり」を付けると、

二音の動詞の場合　「咲き」＋「に」＋「けり」

三音の動詞の場合　「開き」＋「けり」

のような形になります。したがって、基本的に切字「けり」は動詞や助動詞に接続し、一句をすっきり感動をもって言い切る働きをします。

ここでは代表的な「切字」である、「や」「かな」「けり」だけを紹介しましたが、他にもいろいろ「切字」の働きをする言葉があります。また、「切字」を使わなくても、名詞や動詞、形容詞などの終止形の使用によって「切れ」は生まれます。「切字」の使用については、多用すると俳句が古めかしくなると言う人もいますが、上手に使うと調べの整っ

た、格調の高い句になります。

原句　**足下の透《す》ける庭草秋進む**　北尾ユウ子

作句意図　庭は最近まで草花であふれていましたが、花が終わったり、下葉が枯れたりで足下が明るく透け始めました。いよいよ秋本番です。

感性のいい句で、「足下の透ける」という捉え方がすぐれていると思いました。そこで焦点を絞るために、「庭草」を「秋草」としてみました。これで「秋進む」という季語は不要です。「花終へし」に季節の推移も出ると思います。下五を「けり」でまとめ、すっきりした句にしました。いっそう透明感が出たのではないでしょうか。

添削例　**花終へし秋草に足透きにけり**

> **上達のポイント**
>
> 切字は一句に一つ
>
> 普通一つの句に「や」「かな」、「や」「けり」など、二つの切字を使うことはありません。切字は効果が強いので、二つ用いると切れすぎるのです。中村草田男《なかむらくさたお》の名句〈降る雪や明治は遠くなりにけり〉には「や」「けり」が使われていますが、私たちは基本にしたがって詠みましょう。

❸ 中七の切れ

上五に「や」、下五に「かな」「けり」を用いない場合、中七に「切れ」を設けると、調べの上でも変化がつき、句が際立ちます。初心の人の句はどうしても上から下へと意味がつながってゆくので、句が平板になるのです。中七の切れということを意識するようにしましょう。次にあげるのは、いずれも「切れ」のない句を中七で切った添削例です。

原句　**飴色《あめいろ》に日日細りゆく干大根《ほしだいこ》**　鈴木　功

作句意図 海辺で潮風に吹かれ、昨日より今日と飴色に変わりゆく大根を興味深く眺めて詠みました。

「飴色に」という把握が的確で、海辺の景であることを消すなど、省略も効いています。「日日」は実感でしょうが、やや説明的なので外しました。また、句に「切れ」がないために平板に見えます。そこで、中七に「ゆけり」と切れを設けました。調べを整え、言葉を減らして対象に迫ることで句が引き締まります。

添削例　**飴色に細つてゆけり干大根**

原句　**退院の友にやさしい蟬《せみ》しぐれ**　小川節子

作句意図　施設で生活していますが、仲良くして頂いていた方が退院して戻ってきました。その時、蟬時雨《しぐれ》が急に静かになって迎えてくれました。

一句に籠《こ》められた思いも表現も、素直で優しいと思いました。そこで、作句意図を生かして、「迎える」という言葉を使ってはどうかと思います。「迎へぬ」は動詞「迎へ」＋完了の助動詞「ぬ」で、「迎えてくれた」（蟬時雨が）という意味になります。

添削例　**退院の友を迎へぬ蟬時雨**

原句　**穭田《ひつじだ》に姿消したる鳩の群**　兵頭ゑみ

作句意図　田んぼを眺めていると、二〜三十羽はいる鳩の群れがやってきて、田の中に沈むように消えました。「隠れた」と「消えた」ではどちらがいいでしょうか。

このままでいいと思います。「隠れた」にはやや作意が感じられるからです。この句には自然な描写が似合うと思います。その上で、「かき」と接頭語を使って「かき消え」と強調してはどうでしょう。忽然《こつぜん》と消える感じも出ます。

添削例　**穭田にかき消えにけり鳩の群**

原句　**神《かん》なびの雨ふふみたる木下闇《こしたやみ》**　劔持マリ子

作句意図　梅雨の晴間であっても神宮の森は雨を含んで暗く、シーンとした雰囲気でした。

「神なび」は神の鎮座《ちんざ》する山や森、神社の森のことなので、自ずから、大樹に囲まれた神域が思われます。骨組みのしっかりした句なのでこのままでもいいと思いますが、中七で切るとさらに風格が出ます。この場合の「けり」は調べの切れであって、意味上の切れではないので、内容は変わりません。

添削例　**神なびの雨ふふみけり木下闇**

原句　**赤い羽根つけていささか若返る**　植木和子

作句意図　地味な服装で町に出ましたが、赤い羽根をいただいて、何だか胸元が華やかになったように思いました。

面白い句だと思いました。「いささか」という副詞がよく働いて、ちょっとした気分の変化がうまく表現されたのです。実感のあるたのしい句なので、このままの味わいも残したいところですが、俳句表現としては「つけて」を外すことができるということをお伝えしておきます。この場合は、中七で「たり」と切ります。「たり」は断定の意味の助動詞で、「けり」と同じように切字の効果をもっています。したがって「けり」を使うことも可能ですが、「若返りました」という表現に膨らみをもたせるために「たり」を使いました。「けり」のほうが鋭く切れます。

添削例 いささかは若返りたり赤い羽根

❹ 三段切れ

俳句の上五・中七・下五の各部分が切れることを「三段切れ」と言います。次の句は三段切れの名句として知られています。

目には青葉山ほとゝぎす初《はつ》がつを 素堂《そどう》

素堂の句は「青葉」「ほととぎす」「初がつを」と三つの季語を詠み込んで、視覚、聴覚、味覚と感覚を総動員して初夏の季節感を味わっています。しかし、普通一句に三つのことを詠み込むと、句が分散してまとまりがつきません。素堂の句は例外的な名句。基本的には三段切れは避けます。

原句 **鰻《うなぎ》食う思い出しけりいんば沼** 矢田静子

作句意図 土用鰻の季節になると、印旛沼《いんばぬま》の近くで食べた鰻重を思い出します。「鰻」という味覚によって、いつも同じ記憶が呼び覚まされるというのが面白いと思います。素直に詠まれていて内容もよくわかりますが、「鰻食う」「思い出しけり」「いんば沼」と「五・七・五」の各部分が切れる「三段切れ」の句になってしまいました。そこで、上五と中七をひと続きにしました。また、旧仮名を使用し、「いんば沼」も漢字表記にしました。

添削例 **鰻食ふとき思ふなり印旛沼**

原句 **城崎《きのさき》や七湯《ななゆ》めぐり宿浴衣《ゆかた》**　西津　清

作句意図 山陰城崎温泉に泊まると、宿浴衣のまま七つの温泉をめぐることができます。

作者はこの街に住んだこともあり、忘れられない温泉街だと作句意図にありました。城崎温泉らしい題材の揃った句です。しかし、この句は「三段切れ」の句になっています。上五に「や」、中七、下五が名詞なので、一句が三つの部分に切断されてしまったのです。これを解消する方法として一番簡単なのは、中七の後に「の」を入れる方法で、〈城崎や七湯めぐりの宿浴衣〉とすれば一句が二つの部分で構成されることになり、焦点も定まります。しかし、添削例ではあえて「めぐりし」と過去形にしてみました。こうすると、「七湯」を巡った後、その余韻《よいん》を楽しんでいる句になるのです。

添削例

城崎や七湯めぐりし宿浴衣

上達のポイント

切れを大切に

俳句の約束の中で一番難しいのが「切れ」です。これを理解するためには、たくさんの名句と出合うことや、実作経験を積むことが必要です。そこで、初心の間は難しくても、「切れ」が大切なのだということを意識するようにしてください。この意識のあるなしによって作品は違ってきます。

4 俳句の型は二つ

❶ 一句一章と二句一章

A：**秋の蟬《せみ》たかきに鳴きて愁ひあり**　柴田白葉女《しばたはくようじょ》

B：**川越えてしまへば別れ秋の蟬**　五所平之助《ごしょへいのすけ》

同じ「秋の蟬」を季語とする句をあげました。「蟬」は夏の季語ですが、秋に入ると法《ほう》師蟬《しぜみ》やひぐらしなどが鳴きます。しかし、これら二句に詠まれているのは、夏の間に鳴いていた蟬です。蟬はもともと、短い命を精一杯鳴くので哀れなイメージがありますが、それでも夏は蟬の数も多く、生命を燃焼させているような力強さが感じられます。しかし、秋に入ると蟬の声もやや衰え、季節の移ろいとともに命のはかなさのほうが感じられるのです。Aの句では「秋の蟬」が「たかきに鳴きて」と捉えられていますが、そこに作者は渾身の命を見ているのです。はかない生を高々と、しかも精一杯生きることの哀れを「愁ひあり」と詠みました。詠まれているのは「秋の蟬」そのものです。

それに対して、Bの句では「川越えてしまへば別れ」であるという思いに対して、「秋の蟬」が下五に置かれています。上五・中七の内容に対して、「秋の蟬」は直接関係ありません。この句は、上五・中七と下五の二つの内容が組み合わされているのです。平之助は映画監督でしたから、この句にもドラマチックな場面が捉えられています。「川越えてしまへば別れ」というのですから、渡し船にでも乗って自分か、あるいは相手かが川向こうへ去って行くのでしょう。「川」は別れの象徴。その場面に、ただ蟬が鳴いていたというだけではなく、「秋の蟬」を置くことで、蟬の声とともに、しみじみとした寂しさが伝わります。「秋の蟬」に別れ行く人の切ない心情が託されているのです。別れの場面と秋の蟬に、直接関係はありませんが、「秋の蟬」が絶妙に働いて別れの場面を盛り上げているのです。

このように、季語そのものを詠むAのような方法を「一句一章」とか「一物《いちぶつ》俳句」、季語と何かを組み合わせるBのような詠み方を、「二句一章」とか「二物俳句」「取り合わせ」

と呼びます。

A：秋の蟬たかきに鳴きて愁ひあり　↓　一句一章
（季語／季語の描写）

B：川越えてしまへば別れ秋の蟬　↓　二句一章
（作者の感慨／季語）

基本的に俳句を詠むときには、AかBか、どちらかの方法をとることになります。季語を使って、どちらかの方法でまず一句詠んでみましょう。最初は一句一章です。

――一句一章

麦秋のなほあめつちに夕明り　長谷川素逝《はせがわそせい》

白魚の雪の匂ひを掬《すく》ひけり　中西夕紀《なかにしゆき》

その上へ又一枚の春の波　深見《ふかみ》けん二《じ》

これら三句はそれぞれ、「麦秋」「白魚」「春の波」が季語で、季語そのものが読まれています。

作ってみよう！

型 ［秋の夜の机の上に〇〇〇〇〇］

〇〇〇〇〇に何か五音の言葉を入れて、一句一章の句を詠んでみましょう。

ヒント

① まずは机の上にありそうなものを入れてみましょう。

② 次にちょっと意外なものを置いてみましょう。たとえば「時刻表」と入れると旅行の計画を立てているような、あるいは旅へ思いを馳せているような趣きになります。

私の一句◆秋の夜の机の上に〇〇〇〇〇

──二句一章

秋風や模様の違ふ皿二つ　　原《はら》　石鼎《せきてい》

蟬時雨一分の狂ひなきノギス　辻田克巳《つじたかつみ》

陽炎《かげろう》や母といふ字に水平線　鳥居真里子《とりいまりこ》

これらは二句一章の句です。それぞれ「秋風」「蟬時雨」「陽炎」が季語ですが、以下に詠まれている内容とは直接関係ありません。たとえば「秋風や」の句は、食卓に置かれた二つの皿が揃った柄ではなく、別の絵柄であることで何となく侘びしい生活が思われます。しかも、秋の寂しい風が吹いていることでいっそう侘びしさがつのります。「蟬時雨」の句は透き間なく鳴いている蟬の鳴き声と、正確にものを計測できる「ノギス」を「一分の狂ひ」も「なき」ものとして捉えています。「蟬時雨」と「ノギス」という、まったく関係のないものに「一分の狂ひなき」という共通点、関係性を見いだしたのです。

作ってみよう！

型 ［ふるさとの○○より○○○秋の虹］

「○○より○○○」の部分に、「誰より何」という内容になるように言葉を入れて、二句一章の句を詠んでみましょう。

ヒント

① まず○○に友・君・母など二音の言葉を入れましょう。

② ○○○の部分に、たとえば絵はがきなど、その人が何かを送ってきたとして、その送ってきたものを入れてみましょう。ただし、「林檎《りんご》」や「蜜柑《みかん》」など季語が入らないように注意します。

③ 「秋の虹」の部分に、内容とは直接関係ない季語を入れてみましょう。「ふるさと」に咲く花などを入れるのも一つです。

私の一句◆ふるさとの○○より○○○（季語）

❷ 文語・旧仮名の魅力

菊枕はづしたるとき匂ひけり

大石悦子《おおいしえつこ》

「菊枕」は秋の季語で、菊の花を干して詰めた枕のことを言います。菊は邪気を祓《はら》い頭痛などを治すといわれていますが、効き目のほどはともかく、雅《みやび》な名前が魅力的です。「はづしたるとき」とありますから、眠りから覚めたばかりの、まだまどろみの中に「菊」が薫《かお》ったという夢幻的な味わいの句です。

ところで、この句の表記には旧仮名が遣われています。これを、現代仮名遣い（新仮名遣い）で書いた場合と比較してみましょう。

菊枕はづしたるとき匂ひけり 旧仮名遣い

菊枕はずしたるとき匂いけり 現代仮名遣い

詠まれている内容は同じですが、趣きはかなり違います。この句は「けり」という切字を使った品格ある作品で、旧仮名遣い（歴史的仮名遣い）はそれと一体になって効果を上げているのです。日本語は『万葉集』の時代から和歌の伝統があることはよくご存知だと思います。その伝統によって洗練されたのが文語・旧仮名遣いです。俳句はもちろん現代仮名遣いでも作れます。また、内容によっては現代仮名遣いのほうがふさわしい場合もあります。しかし、今も多くの人が旧仮名遣いで俳句を詠んでいます。それは、旧仮名遣いの表記が詩の言葉として美しく、効果的だからです。この本の添削例も旧仮名遣いに統一してあります。また、表現方法としても口語ではなく、文語を用いています。次にあげるのは文語の句です。これを口語で表現した場合と比較してみましょう。

深海のいろを選びぬ更衣《ころもがえ》　柴田《しばた》白葉女《はくようじょ》

「更衣」の季節を迎えて、深い海の色の着物を選んだという内容の句ですが、この句を口語で詠むと、

深海のいろを選んだ更衣

となります。原句の「選び」＋「ぬ」は文語による表記なのです。句がすっきりと品格を保っていることがおわかりでしょう。「深海の色を選んだ」では意味は伝達されますが、言葉に味わいがないように思われます。文語文法は苦手という方も、俳句を作ってみると、

文語表現が実に豊かな表現方法だということがおわかりになると思います。

でも、文語文法をマスターしてから、などと思う必要はありません。俳句で必要な文語文法は、俳句を詠みながら学べばいいのです。この本の添削の解説でも基本的なことは学べます。

上達のポイント

文語・口語・仮名遣いを見きわめる

俳句の上達法として、名句をたくさん覚えることは基本ですが、これらの多くは文語・旧仮名を使っています。これは、俳句が「や」「かな」「けり」などを中心とする「切字」を使うことが多いこととも関係しています。しかし、「口語・旧仮名」「口語・現代仮名遣い」という組み合わせを使っている句もあるので、名句を読み味わうとき、「文語・旧仮名」「口語・旧仮名」「口語・現代仮名遣い」のどの組み合わせを使っているかに注意します。そうすると、その違いが早く理解できます。

5 「もの」からスタートする

❶ 句帳を携行する

俳句を詠むために準備するものは『歳時記』と句帳、そして筆記用具です。もちろん、間違った言葉や漢字を使わないようにするために辞書も必要ですが、基本的には紙と筆記用具があればいいのです。でも、できれば俳句専用のノートがあるほうが作品が散逸《さんいつ》しないし、また、そのまま作品の記録になるので、句帳を準備されることをおすすめします。句帳は「NHK俳句」のテキスト（四、十月号）の付録にも付いていますから、これを活用されるのが一番です。いつも『歳時記』とセットで身近に置いて、外出するときにも携行しましょう。携帯電話に記録する方法もありますが、横書きになってしまうのでおすすめできません。横書きと縦書きでは作品のイメージが違うので、縦書きで書くほうがいいのです。

小さな『歳時記』と句帳をいつも身近に。完成した一句にならなくても、出合った季語や、ふと思いついた言葉を書き込んでおくと、一日が違ってきます。

❷ 身近なものを観察する

冬菊のまとふはおのがひかりのみ　水原秋櫻子《みずはらしゅうおうし》

雛《ひな》飾る四五冊の本片寄せて　山本洋子《やまもとようこ》

硝子器《がらすき》に浸してありぬ花の枝　井越芳子《いごしよしこ》

初めて俳句を作るときは、どうしてもいい句を詠みたいと思って肩に力が入りがちです。でも、まずは周囲をよく見て、「これを詠んでみたい」という題材と出合ってください。それが季語であっても、季語でなくても、頭の中で想像するのではなく、見慣れた日常をよく見ることです。

ここにあげた句はそれぞれ「冬菊」「雛」「花(桜)」という「もの」を季語としています。「菊」は秋の季語ですが、秋櫻子は寒気の中に気高く咲く「冬菊」をよく観察することで、自分自身が光を発していると捉えることができました。「雛」の句も特別なことを詠んだ句ではありませんが、段飾りのような「雛」ではなく、本棚に飾られる小さな「雛」が見えます。「花」の句も、「硝子器」に寝かせるように挿された「花」がとても涼やかです。俳句を詠むためには、日常生活の中で「もの」を見る時よりも少し長く、深く「観察」することが大切です。

たとえば散歩道に咲いている草花も、名前を知らない花はほとんど目に留めていないのが普通です。まして、その花がいつ頃どのような蕾《つぼみ》をつけ、咲き、散っていくのかなどと足を止めて見ることはないでしょう。俳句は、まず名前を知ることから始まります。それが季語でなくても、春の草、春の花、と思えば季節感が湧きます。私たちの周囲には季語があふれていますから、知っているつもりの季語も、何でもない「もの」も、俳句の目で観察、写生しましょう。そこから俳句が生まれます。

原句　**春満月新生児室満々に**　波多江敦子

作句意図 出産を迎えた娘を病院に見舞い、新生児室に眠る赤ちゃんを見て詠みました。ちょうど春の満月が出ていました。

「春満月」の効果で、「新生児室」という言葉に瑞々《みずみず》しさが感じられます。このように、まずは実際に見たものを飾らずに表現することが大切です。この句は、「新生児室」が満員であったという「こと」が詠みたかったのでしょうが、俳句としては眠っている「新生児」が見える句にするほうがいい句になります。「新生児」という言葉も「みどり児」「赤子」「嬰児《えいじ》」などいろいろな表現がありますが、もっとも無垢《むく》な命を思わせる「あかんぼ」を使ってまとめてみました。

添削例 **新生児室のあかんぼ春満月**

原句 **飯うまし背戸よりきらり鵙《もず》の声** 髙山興平

作句意図 残暑厳しい季節も、九月中旬になって鵙が鳴くころになるとようやく落ち着き、食が進むようになりました。

「飯うまし」に実感があると思いました。このように、俳句は実感を大切に気取らずに詠むことです。疑問なのは中七の「きらり」で、今ひとつ「鵙の声」のきらめきが出ているように思えません。そこで、添削では朝の清々しい気分を出すようにしました。

添削例　飯旨《うま》し背戸より朝の鵙の声

❸「こと」ではなく「もの」を詠む

「もの」をよく観察することができるようになったら、その「もの」を詠んでみましょう。

刃を入るる隙なく林檎《りんご》紅潮《こうちょう》す　野澤節子《のざわせつこ》

うつすらと空気をふくみ種袋　津川絵理子《つがわえりこ》

目の前にあるのは「林檎」と「種袋」で、ともに季語です。それを、節子は「刃を入れる隙」がないと捉え、絵理子はほんの少し「空気を含んで」いると捉えました。真っ赤な「林檎」にも、空気を含んだ「種袋」にも、命の存在が感じられます。

俳句を始めた人がもっとも陥りやすい失敗は、つい出来事を報告してしまうということです。たとえば、朝散歩に出掛けて菫《すみれ》が咲いている「こと」に気がついたとします。俳句を始めたお陰で、菫に出合うことができたのですからぜひ一句詠みたいところです。でも、多くの人が「散歩道」で「菫」に出合ったという「こと」を句にしてしまうのです。これは出来事の報告です。そうではなくて、出合った「菫」という「もの」をよく観察して、どのように咲いていたかを描写するのが俳句です。

かたまつて薄き光の菫かな　渡辺水巴《わたなべすいは》

水巴は「かたまつて」いるにもかかわらず「濃き」ではなく「薄き光」を発していると描写することで、可憐な菫の姿をしっかり捉えています。このように、俳句は事情や出来事より、「もの」を詠むことが基本で、それが上達の近道です。

原句　**正月やうさぎも連れて里帰り**　松田淳子

作句意図　お正月に娘夫婦が、飼っている兎《うさぎ》を連れて里帰りしました。

微笑ましい句で、「兎」の様子が見えるようです。作者としては娘夫婦の里帰りを言いたいところでしょうが、俳句としてはむしろ状況説明を省略したほうが焦点が定まります。誰が連れてきたかは読者の想像に任せて「お正月」に「抱かれて」来た「兎」だけを詠めば十分なのです。

添削例　**抱かれて兎も来たりお正月**

原句　**青春やぶつかり声の冴返《さえかえ》る**　平田泰次

作句意図 早朝、武道場から若者の元気な掛け声が聞こえてくるのを聞いて、若いことはいいなと思い、詠んでみました。

武道場から聞こえる声を「ぶつかる」と捉えた点がお手柄で、「冴返る」という早春の季語も効果的です。ただし「ぶつかり声」という表現は疑問です。また、上五の「青春や」という表現も、ややストレートすぎるように思います。そこで、若者たちを表現する「若きら」という言葉を使ってみました。俳句はできるだけ具体的に詠むことです。

添削例　**若きらの声ぶつかつて冴返る**

原句　**鳥雲《とりくも》に捨てるに惑《まど》ふ子の学書**　梅澤惠子

作句意図 子どもの教科書を整理しようと思っているのですが、愛着があってなかなか捨てられません。

実感のある句で、「鳥雲に」という季語も効果的です。これは春に日本を去る渡り鳥をいう季語で「鳥雲に入る」とも使えます。この場合は、大きくなっていく子どもへの思いが託されているのです。問題は「捨てるに惑ふ」で説明的すぎること。ここを具体的に「もの」で描写すると句が明瞭になるのです。たとえば「積み上げしまま」としてはどうでしょう。季語は下五に置いたので「鳥曇《とりぐもり》」としました。

添削例　子の学書積み上げしまま鳥曇

❹ 主語は誰か

俳句は短い言葉で表現するので、一句の主人公（主体）が誰なのかを明らかにすることが大切です。しかし、誰かということを書くと、それだけで字数をとってしまうので、普通、何も書いていない場合は一句の主人公は作者であると理解します。たとえば、〈七夕《たなばた》や髪ぬれしまま人に逢《あ》ふ　橋本多佳子《はしもとたかこ》〉という句があります。この句は「七夕」が季語で、秋の句です。現在の「七夕」は七月七日なので夏の季語だと思われがちですが、「七夕」は旧暦では秋になるので、秋の季語なのです。

この夜、天の川では牽牛《けんぎゅう》と織女が一年に一度の逢瀬《おうせ》を果たすのですが、そのように、私もまだ髪が濡れたまま、人に逢いにゆくという意味の句です。つまり、「髪ぬれしまま人に逢ふ」のは「作者」であると読むのが俳句の読み方なのです。ですから、登場人物が複数の場合や、一句の主人公が作者でない場合など、主人公があいまいな句は、句意を正しく伝えることができないので注意が必要です。次の例をご覧ください。

原句

うららかや見舞ついでに王手飛車　松倉秀男

作句意図　入院中の退屈な日々に、突然「一局やるじゃあ」と言われ、古びた将棋盤に向かって三十年ぶりに遊び将棋をしました。

季語もうまく働いて、楽しい句になりました。ただし、原句のままでは見舞った人の句か、見舞われた人の句かがわかりません。そこで、中七の部分で「見舞はれて」と、主体をはっきりさせました。

添削例

うららかや見舞はれてさす王手飛車

原句

接待の饅頭温《まんじゆうぬく》し秋遍路　吉田猛雄

作句意図　初めて四国遍路へ行きましたが、少々寒く、三時のお八つ時分に頂いたお茶と饅頭が嬉しく、人情もまた温かく感謝した次第です。

「饅頭温し」が一句の決め手で、ここが読ませどころなのですが、「接待の」では「接待」したのか、されたのかが不明です。そこで、上五に「賜《たまわ》る」という動詞を使うと、作者がいただいたのだとわかり、感謝の気持ちも出ます。また「温し」を平仮名にすると、しみじみとした味わいが出ると思います。

添削例

たまはりし饅頭ぬくし秋遍路

原句　**祖母の読む絵本聞く子や冬木の芽**　行方久子

作句意図　婆の読む絵本を真顔でじっと聞いている幼子の未来に、冬木の春を重ねての一句です。

情景のよくわかる句で、季語の置き方もいいと思いました。ただし、作者の位置がよくわからないのが問題です。作者は「祖母」と「子」を見ているのでしょうか。それとも「祖母」が作者なのでしょうか。俳句は短いので、作者の位置を明らかにしておくことが大切です。添削例では、作者が「幼子」に「絵本」を開く場面を捉えてみました。

添削例　**幼子に絵本をひらく冬木の芽**

上達のポイント

「孫」は「子」として詠む

俳句の題材として「孫」がよく登場しますが、これを「孫俳句」といって多くの俳人は避けることをすすめています。「孫」という言葉があるだけで、可愛いと思う心情があふれて句が甘くなってしまうからです。しかし、可愛い孫は詠みたいもの。これを解決する方法があります。「孫」も「子」として詠むのです。

⑤焦点を絞る・フレームワーク

葡萄《ぶどう》より光の雫《しずく》海鳴りす　浦川聡子《うらかわさとこ》

この句は「葡萄」から垂れる「雫」を、「光の雫」と捉えるとともに、そこから「海鳴り」へとイメージを広げているところに詩的な趣きがあります。現実に「海鳴り」が聞こえていたと鑑賞することも、現実には「海」は存在しないけれど、「葡萄」から垂れる「光の雫」から「海鳴り」を想像したと鑑賞することもできます。しかし、どちらにしても作品の構図は確かで、「葡萄より光の雫」が小、「海鳴り」が大、「小」に焦点を絞りつつ、「大」へと景を拡げてあるのです。このように、俳句に詠むときには、焦点を絞ることが大切です。

俳句は短いので、題材を整理するとともに、写真を撮るときのように、どこに焦点を絞るかが一句を決定づけます。写真では、これをフレームワークといいますが、俳句も同じです。

原句　**折れ伏して尚《なお》水鏡枯蓮田《かれはすだ》**　加藤よし子

作句意図　風に折れた蓮が首を傾げて、水に映っている様子を詠みました。

「枯蓮田」を詠んで、「水鏡」という言葉を生かしている点がいいと思いました。ただし、「枯蓮田」と「水鏡」、「折れ伏し」と「枯蓮田」は、それぞれ言葉が重なっています。そこで、整理すると「枯蓮」と「水鏡」を題材とすればいいことがわかります。

添削例　**枯蓮のことごとく折れ水鏡**

原句　**破芭蕉《やればしょう》といへどしたたるほどの水**　小川孝子

作句意図　台風で傷んだ芭蕉の枯れ始めた皮を片付けていて、根元の方にたっぷり水分があるのに驚きました。

「破芭蕉」の秘めた「瑞々《みずみず》しさ」というテーマがいいと思いました。ただし、中七の「といへど」に理屈が述べられている点が残念です。俳句は論理的に表現する必要はないので、「破芭蕉」と「したたるほどの水」に焦点を絞って表現すればいいのです。添削例では作者が鋭く捉えた、「根元の方に」という写生を「根方」として生かしてみました。

添削例　**破芭蕉根方に水を湛《たた》へをり**

原句　**踏み入れば鋭《と》き鹿の声森深し**　大森敏光

作句意図　原生林の山道を登り、城跡を訪ねたところ、突然野生の鹿が声を発して山奥へ逃げ込んだ時の句で、私も不安になりました。

鹿との遭遇《そうぐう》という絶好の題材がいいと思います。そこで、せっかくの「原生林」を生かし「鹿の声」との組み合わせによって、野生の鹿のいる世界に踏み込む感じを出してはどうかと思います。

添削例　**踏み込めば原生林に鹿の声**

上達のポイント
自分を主人公に詠む
普通、一句の主人公は作者です。したがって「母」と書かれていたら、それは作者にとっての母だと思って読みます。娘から見ての「母」である私、というような設定は難しいので注意しましょう。

❻見えるように詠む

仕《つか》る手に笛もなし古雛《ふるひいな》　松本《まつもと》たかし

この句は三月三日の桃の節句を詠んだ句で、「古雛」を季語としています。古いお雛様なので五人囃子《ばやし》の笛方が、手にすべき「笛」を失ってしまっているのです。それを「仕る手に笛もなし」と表現しているので、雛人形が笛を吹く構えをしていることがわかります。

つまり、笛がないということが目に見える形で表現されているのです。この句が、「笛方の笛をなくせし古雛」だったら報告に終わり、景が見えないのです。

冒頭の句は松本たかしの代表句で、「仕る」という言葉が的確。しかも品格があるので、いっそう「古雛」の哀れが感じられるのです。

俳句表現で、「報告しない」ということは大切なことで、この点については後で説明しますが、「報告しない」ということは「見えるように詠む」ということなのです。したがって、俳句の評価で「景が見える」というのは賞め言葉。作品として完成しているということなのです。

次にあげる添削例で、見えるように表現するとはどういうことかを理解してください。

原句

水馬《みずすまし》リズムをつかむ技のあり　鈴木遊琴

作句意図 水馬の泳ぐ様子を見ていて、軽快なリズム感を詠んでみたくなりました。楽しい句になっていると思います。しかし、問題は「技」という言葉で、意味はわかりますが実景として見えてきません。俳句はできるだけ見えるように詠む、というのが基本です。「技」の内容を具体的に描写すると次のようになります。

添削例

水馬《あめんぼ》の水輪作れるリズムかな

原句　**繋《つな》ぎたる茎の一本鳰浮巣《におうきす》**　遠藤憲司

作句意図　滋賀県近江八幡《おうみはちまん》では、今年は湖水の増水が大きく、水生の葦に青い茎いっぽんで繋がっている浮巣が危ないということです。

「鳰浮巣」の危うさを、「茎の一本」でうまく捉えています。「一本」を「ひともと」と読ませているのも、頼りなげで効果的だと思いました。そこで、添削例では「ひともと」と平仮名表記にして強調し、「鳰浮巣」の頼りなさが見えるようにしました。

添削例　**ひともとの茎に繋がれ鳰浮巣**

原句　**凌霄《のうぜん》の蜜吸う蝶の絡まりて**　水野　弘

作句意図　早朝より蝶が凌霄の花の蜜を吸いに来ます。蝶に別の蝶がからまっている様子を詠んでみましたが、「蝶」と「凌霄」が季重なりである点が気掛かりです。

妖艶《ようえん》な趣きのある句で、このままでもいいとは思いますが、「蝶」が絡みついて「凌霄」の蜜を吸っているようにも読めます。そこで、添削例は作者の作句意図に従って、景が見えるようにしてみました。この場合「蜜」は省略できます。また、この句では「凌霄」が季語として働くので、季重なりはさほど気になりません。

添削例　**蝶ふたつ絡まりて吸ふ凌霄花**

原句　**冬耕の掘り出されたる花鋏《はなばさみ》**　古川みち

作句意図　野の花が好きで腰に花鋏を差して歩くのですが、よく失くしてしまいます。先日も畑を耕していると錆《さ》びた鋏が出てきました。

土の中に眠っていた「花鋏」との再会という内容が面白いと思います。この句は「掘り出され」と受身形になっていますが、「土より出でて」とありのままに表現するほうがわかりやすいと思います。「冬耕」によって掘り出された「花鋏」が鮮明に見えます。

添削例　**冬耕の土より出でて花鋏**

6 やってはいけないこと

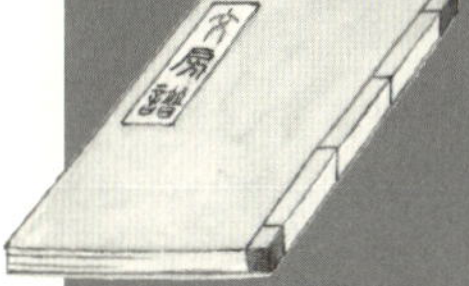

俳句は普通、詠まれた作品に対して評がなされるので、さまざまなアドバイスが消化不良になりがちです。そこで、上達のための近道として「やってはいけないこと」を八項目にまとめました。実践篇の最終章ですが、ここは上級者にとっても難しいところです。出来上がった句を推敲《すいこう》するためのポイントとしても繰り返し活用して下さい。

❶ 過去を詠まない

流灯にいま生きてゐる息入るる　　照井《てるい》 翠《みどり》

この句の作者、照井翠さんは岩手県釜石市で高校の教師をしています。東日本大震災の時は学校にいて生徒たちを護り、そのまま避難所生活に入りました。

「流灯」は盆の灯籠流《とうろうなが》しのことで秋の季語です。この句は三月の災害から五か月後に詠まれたのです。「いま生きてゐる」という言葉に、生き得なかった人への深い鎮魂《ちんこん》の思いが籠《こ》められています。この句はまさしく「今」を詠んだ句であることがおわかりでしょう。

添削教室に投句された作品に、〈つくしんぼ昨年の空地に家が建ち〉というものがありました。前年、たくさん土筆《つくし》が生えていた土地に家が建ち並んでしまったのを惜しむ気持ちを詠んだ句で、句意は明瞭《めいりょう》です。しかし、一句の中で季語はどのような効果を上げているでしょう。

この句は眼前の景に去年の景を重ねた句で、一句の中に二重の時間が流れています。このような詠み方は俳句では珍しくありません。たとえば、芭蕉《ばしょう》の名句〈夏草や兵どもが夢のあと〉も、眼前に生い茂る「夏草」に、かつてそこで闘った兵士たちを思い描いて詠まれています。しかし、大切なことは、芭蕉は「夏草」を眼前にしているという点です。投句作品と同じく二重の時間が流れていますが、季語の効果が強いのです。投句作品の場合は、去年はあった「つくしんぼ」が今年はないのですから、眼前には季語がありません。

俳句は短いので、過去と現在を比較すると、一句は説明に終わってしまいます。そこで、

「今、眼前の景を詠む」ことが基本になるのです。とりわけ、しっかり季語を据えて眼前の景を詠むことを心掛けましょう。投句作品は、〈つくしんぼ消えて空き地の消えにけり〉などと詠むことができます。「AもBも消えた」とすることで、今、眼前にそれらがないことが強調されて、インパクトの強い句になるのです。

原句 **春岬五感満たさる一日かな** 山本美子

作句意図 南房総《みなみぼうそう》を旅した時の句で、囀《さえず》りや潮騒《しおさい》を聞き、青い海と彩り豊かなお花畑、そして海の幸を満喫した一日でした。

「五感」という言葉が実感をもって表現されています。ただし、「春岬」という言葉は「春の岬」と正しく使いたいところです。また、この句は「一日」という長い時間を捉えていますが、「俳句は今を詠む」という基本通りに、幸福感に満ちてくる「今」を捉えると句に躍動感が出てきます。

添削例 **吾が五感満ちくる春の岬かな**

原句 **ポマードの香り残して冬帽子** 三浦紀子

作句意図 町内会でおじさんの被っていた冬帽子をヒントに詠んでみました。

若い作者らしい句で、「ポマード」を題材にしたところが面白いと思いました。このままでもいいと思いますが、「ポマード」の香りを感じた瞬間を捉えてはどうでしょう。読者にも「ポマード」が香ります。

添削例　**ポマードのふつと香れり冬帽子**

原句　**連山に巻きたる霧の深さかな**　丹羽弘子

作句意図　旅先で見た連山が深い霧に覆われていたので、その霧の深さを表現したいと思いました。

「連山」に対して、霧が「掛かる」や「覆《おお》ふ」ではなく、「巻く」と表現されている点にひと工夫あると思いました。そこで、もうひと工夫して「巻きたる」を「巻きゆく」として霧の動きを出してはどうでしょう。「今」という時がしっかり捉えられた句になって臨場感が出ます。

添削例　**連山を巻きゆく霧の深さかな**

上達のポイント

時間の詠み方

俳句は「今」を詠むことが基本です。したがって、一句の中に、Aという過去の時間とBという今の時間が詠まれている場合は、Bを中心に置きます。たとえば、野原で秋の草花を摘んで（A）、自宅の花瓶に挿した（B）ような場合、〈秋草を野に摘み帰り飾りけり〉と詠むのではなく、〈野に摘みし秋草の束飾りけり〉というように「今」に焦点を絞って詠みます。さらに、〈野に摘みし秋草の束ほどきけり〉とすると臨場感が出ます。

❷ 時間と場所を省く

俳句を詠むとき、「いつ」「どこで」と時間や場所を詠み込むことがありますが、俳句は「もの」を詠むことが基本なので、それが「いつ」だったか、「どこで」だったかは省略していいのです。むしろ省略できるときは省略して、対象だけを捉えるほうがいいのです。

次の添削例をご覧ください。

原句
老鶯《ろうおう》を日ねもす惜しみ里の山　加藤寿子

作句意図　八ヶ岳高原に住んでいて、鶯《うぐいす》の声を楽しんでいます。そろそろ鶯の声とも別れる季節がきたので惜しみつつ聞いています。

「鶯」は春の季語、「老鶯」は夏の季語です。この句は一日中聞こえている老鶯の声、という題材が魅力的だと思います。しかし、そういう場所はだいたい見当がつくので、「里の山」という場所を表す言葉は省略したほうがすっきりします。作者は鶯の季節が終わることを惜しんでいるわけですから、場所を外して「鳴き尽くす」と表現してみました。

添削例
老鶯の鳴き尽くす声惜しみけり

原句
デイケアの広き硝子戸《がらすど》小鳥来る　大内珠美

作句意図　デイケアに行き、窓に小鳥が来ているのを詠みました。

「小鳥来る」は秋の季語で、鳥たちが海を渡ってやって来ることを言います。作者がデイケアを詠みたかった気持ちはよくわかりますが、俳句としては「デイケア」という場所を示す言葉はなくてもいいのです。それより、大きな窓をどう表現するかです。そこで、「小鳥来る」という季語が生きるように、「空」があふれると表現してみました。

添削例　硝子戸に空の溢《あふ》れて小鳥来る

原句　朝ぼらけ雪に埋もれし雪達磨《ゆきだるま》　戸塚伊昫雄

作句意図　雪が降ったので、子どもたちが大喜びで雪達磨を作りましたが、翌朝には雪に埋もれてしまっていました。

この句は「雪」と「雪達磨」が季重なりですが、この場合は「雪達磨」が季語であることが明らかです。この場合「雪」を外すことは難しいので、このままでいいと思います。ただし、上五の「朝ぼらけ」は和歌的な趣きが強いのでこの句に合わないように思います。内容から考えても、雪達磨が夜の間に雪に埋もれてしまったということですから、「朝ぼらけ」という時間を表す言葉は不要です。

添削例　雪達磨ひと夜の雪に埋もれけり

❸ 答えを言わない

俳句は詩なので、すべてを言わないのが基本です。たとえば満開の桜を「豪勢に咲く」と言ってしまったのでは、句に余韻が残りません。次の例をご覧ください。

原句　**豌豆《えんどう》の百も摘みたる倦怠感《けんたいかん》**　米谷　昂

作句意図　豌豆を摘み取る単純作業に飽《あ》きてしまった気持ちを表現しました。

テーマは面白いと思いますが、「倦怠感」と言ってしまったために、一句の答えが出てしまったのです。「倦怠感」は読者が感じ取るもので、「倦怠感」をどう表現するかが腕の見せどころなのです。そこで、「倦怠感」を感じさせる言葉として「匂ひ」を使ってみました。倦《う》む気分を嗅覚によって表現してはどうでしょう。

添削例　**豌豆を百も摘みたる匂ひかな**

原句　**ミモザ抱き福まで添えてくれる女性《ひと》**　河谷真知子

作句意図　いつも優しく接してくださる方が、ミモザが好きだというと、抱えるほどのミモザを持たせて下さいました。

句に喜びがあふれていて、「福まで添えてくれる」に、作者の気持ちがよく出ています。でも「福まで添えて」は一句の答え。これを言わないのが俳句なのです。俳句としては抱きかかえるほどの「ミモザ」を剪《き》ってくれたというだけで、作者の幸福感は伝わるのです。また、「女性」と書いて「ひと」と読ませる方法も俳句では避けるほうがいいと思います。

俳句はシンプルに、です。

添削例　**抱へよと剪つてくれたる花ミモザ**

原句　**楢《なら》枯れの黄葉侘《わび》しき猿投山《さなげやま》**　小島鍵治

作句意図　全山コナラの黄葉で金色に輝く山が、今年は楢枯れ病で斑模様に褐色化しました。全国的に害虫被害が広がっているので、回復を祈って句にしました。

メッセージを籠めての一句で、意味はよくわかります。しかし、俳句としては「侘しき」が疑問です。「侘し」は作者の感想であって、景としては具象性がないので、いわゆる「答えの出た句」になってしまったのです。そこで、作者が作句意図に書いている「斑模様」を使ってはどうかと思います。固有名詞が生き、胸を痛めている作者の思いも伝わります。

添削例　**楢枯れの黄葉まだらに猿投山**

❹報告しない

俳句は報告をしないということが基本です。この点については「見えるように詠む」の項目でも少し触れました。しかし、何が報告かということがわかりにくいと思います。そこで、〈階《きざはし》を登りて茅《ち》の輪《わ》くぐりけり〉という句で考えてみましょう。「茅の輪」は夏の季語。六月三十日の夏越《なごし》の祓《はらえ》に神社に掛けられる、茅《かや》を束ねて作った大きな輪です。この句は、石段を登って、境内に掛けられた「茅の輪」をくぐったという意味の句で、意味はよくわかります。しかし、「こういうことをしました」という出来事の報告になっていて、今ひとつ味わいどころがありません。この句は「Aを〜してBを〜する」という形になっていて、「登り」＋「て」＋「潜り」と二つの動詞が助詞「て」によって繋《つな》がれています。こういう形ではどうしても、経過を叙述することになってしまうので、一句が報告に終わってしまうのです。この場合の解決方法としては、階の上の「茅の輪」を詠むか、「茅の輪潜り」そのものを詠むか、焦点を絞ることで、景の定まった句にすることができます。

「報告しない」ためには動詞の多用を避けることです。単なる報告では読む人の心に残らないのです。

原句　**いっせいに秋ばら開く日和《ひより》かな**　福岡園子

作句意図　長い間蕾《つぼみ》だった秋ばらが一斉に咲いたので、その晴れ晴れとした秋日和を「いっせいに」に籠めて表現しました。

「いっせいに」咲く秋薔薇《ばら》に対して、「日和」という言葉を用いたのがいいと思いました。

そこで、「秋薔薇日和」としてはどうでしょう。原句の、「秋ばら」が「開く」「日和」である、という詠み方は言葉の運びがやや散文的なので、ひとまとめにしてみました。こうすると、リズム感が良く、「いっせいに」が生きます。

添削例　**いつせいに咲いて秋薔薇日和かな**

原句　**花筏《はないかだ》日浴びまっすぐ流れけり**　佐々木武郎

作句意図　空がまぶしいほどの日、桜並木の小川を、花筏が歩くより早く、直線的にスイスイ流れていました。

「花筏」には流れにたゆたうイメージがあるので、逆にスピード感を捉えた点がいいと思いました。ただし、全体の構成が「〜が〜した」という形になっていて散文的です。この場合、「花筏」とあれば「流れけり」は不要なのです。そこで、作句意図を生かして、「一直線」という言葉を使ってはどうかと思います。

添削例　**日を浴びて一直線に花筏**

原句　**樹の闇にどんどの明り浴びにけり**　白岩　幸

作句意図　深夜、どんど祭の長蛇の列に並ぶと、真っ暗な参道の樹間に明かりが届き、火の粉混じりの灰を被って御利益を得た気分になりました。

一句に明暗を捉えて、工夫のある句です。ただし「明り」を「浴び」るという意味がよくわかりません。それなら〈樹の闇にどんど祭の明りかな〉とまとめてはどうでしょう。添削例は「浴びる」を生かすために主述を入れ替え、「火の粉」を題材としました。

添削例　**樹の闇に浴びてどんどの火の粉かな**

原句　**手鐘《ベル》面に絵窓映れり降臨祭**　津田宏志

作句意図　聖霊降臨日礼拝のとき、金色の手鐘面に絵窓が映っているのが印象的でした。

金色の手鐘に映るステンドグラスが、繊細で美しいと思いました。しかし、「〜に〜が〜した」という形になっているため、句が散文的です。また、全体に漢字が多いのでせっかくの題材が生きません。そこで、「絵窓」を「絵硝子」とし、「手鐘」と「降臨祭」をまとめました。

添削例　**絵硝子を映して降臨祭の手鐘**

原句　**歩幅ほど雪かきをして待つ朝刊**　越智ミツヱ

作句意図　愛媛県今治市に住んでいます。この年は何度か積雪に見舞われ、百米ほどの坂道を雪掻《か》きしなければなりませんでした。

ていねいに詠まれた句で、意味も明らかです。そこで、この句を元に推敲《すいこう》の方法を考えてみましょう。第一に「歩幅」は「身幅」のほうが的確。第二に、「〜をして〜をする」という内容なら「〜をする〜をして」と入れ替えてみる。句に変化がつきます。以上二点を整理すると、次のようになります。

添削例　**朝刊を待つ身の幅に雪を掻き**

⑤ 状況を説明しない

俳句はわずか十七音字なので、複雑な内容が表現できないのは当然ですが、それでも状況を説明しないと作句意図が伝わらないと思っている方が多いように思います。たとえば〈子の元へ行きし空家の梅一樹〉という句を例に考えてみましょう。作句意図に、一人暮らしの方が都会に住む息子さんの元に行かれ、空家になった家に梅が淋《さび》しく春を待っていることが書かれていました。状況を正確に詠んだ句であることがよくわかります。

この句は時代を反映した句で、共感される方が多いと思います。そこで考えておきたいことは、俳句は状況は説明しなくていいということです。句の背景や状況は作者の胸におさめて、主をなくした「淋しい梅」を詠めばいいのです。次の句は、同じ「梅」を題材にして、なぜ残されたかという状況を説明しないで詠まれています。

原句　**残されし一樹の梅の香を放つ**　石田照代

作句意図　転居によって主の居なくなった家の庭に梅が咲いているのを詠みました。

この句は、冒頭の文章を読んで共感し、同じような状況を句にしてみたとのことで、よくまとまっていると思います。この句の場合は、中七を「梅一樹なり」として切ってはどうでしょう。「切れ」がないと、どうしても説明的になってしまいます。こうすることで、言外に、残された梅と去って行った主への思いが出ると思います。この、「言外に」というところが大切なのです。

添削例　**残されし梅一樹なり香を放つ**

原句　**初紅葉吾が故郷はダムの底**　野村輝子

作句意図　昭和十一年生まれの私の故郷は福井県の旧穴馬村です。久し振りに九頭龍湖《くずりゅうこ》を訪れ、紅葉の美しさに万感、涙がこぼれました。

十七音字を使い切っての実感ある句で、よく詠めています。添削例は別案で、原句のストレートな表現を、「紅葉明かり」を使うことでやや弱め、情感のある句にしてみました。「湖底に」に、あとに来る「沈め」が省略されています。

添削例　**故郷を湖底に紅葉明かりかな**

原句　**母貼りし障子をひとり剝《は》がしけり**　渡邊万亀子

作句意図　帰郷の際、生前母が一人で貼った障子を一枚ずつ剝がしました。大雑把《おおざっぱ》な母は貼り方も大雑把。おかしいやら懐かしいやらでした。

題材そのものに情感があっていいと思いました。あとは表現方法ですが、原句の「貼りし」は「母の障子」として動詞を外すことができます。さらに「故郷の」とすれば、帰郷の際のこととわかります。切字「けり」は「剝がす」を強めるので、断定の助動詞「なり」を使って少しイメージを柔らかくしました。

添削例　**故郷のははの障子を剝がすなり**

上達のポイント

余韻をもたせる

芭蕉は『去来抄《きょらいしょう》』の中で「謂《い》ひ応《おお》せて何かある。（表現し尽くしてしまって、何が残るというのだろう）」と言っています。書や日本画で余白を重んじるように、俳句にも余白が必要です。一句の背景や、俳句状況を十七文字に詰め込んで説明すると、意味がわかっても作品としての味わいどころが消えてしまいます。小さい器にほどよく盛って、余韻とともに味わってもらうのが俳句と心得ましょう。

❻ 動詞を少なく

秋空につぶてのごとき一羽かな　杉田《すぎた》久女《ひさじょ》

新蕎麦《しんそば》や暖簾《のれん》のそとの山の雨　吉田《よしだ》冬葉《とうよう》

強霜の富士や力を裾までも
飯田龍太《いいだりゅうた》

冒頭にあげた久女の句は「秋空」を飛ぶ鳥を、まるで「つぶて」のようだと表現することで、「一羽」の鳥のスピード感とともに澄んだ秋の空と風をも想像させます。この句は下五に「かな」と切字を置くことで調べに張りがあり、一句が力強く立ち上がっています。また、この句は動詞を使わなかったことで、「秋空」「つぶて」「一羽」という名詞が際立ったのです。

同じように、冬葉の句にも、龍太の句にも動詞は使われていません。冬葉の句は「新蕎麦」が季語で秋。「暖簾」の一語で、蕎麦屋で「新蕎麦」を楽しむ作者と、その外に降る秋の雨が見えます。「山」とあるので、蕎麦の産地でしょう。一雨ごとに秋が深まってゆくことが思われます。龍太の句は「強霜」が季語で冬。凍るような「富士」が、その力を緩めることなく「裾までも」しっかり保っている様子を描いています。この句も動詞を使わず、さらに、中七に「や」と切字を使って、一句全体の調べを引き締めています。

動詞が多いということは、それだけ説明的だということです。一句に動詞は一つ。多くても二つです。

原句　**秋風に出会うに早し山路ゆく**　松榮千花

作句意図　八月中半までは夏日。盂蘭盆《うらぼん》が過ぎてようやく涼しくなります。そんな残暑厳しい中、山中のお墓参りに出掛けた日を思い出して詠みました。

地味な句ですが、しっかり詠めていると思いました。原句は「早し」と中七で切っていますが下五を「山路かな」と「かな」止めにして全体をつなげるのも一つです。こうすると「ゆく」という動詞がなくなるので、句がすっきりします。

添削例　**秋風に出会ふに早き山路かな**

原句　**山陰の首なし地蔵見て寒し**　柴田ちぐさ

作句意図　紅葉の美しい寺と聞いて訪ねた先での景で、胸の痛みに寒さを覚えました。仏教弾圧の時代、お地蔵様が犠牲になられたようです。

「首無し地蔵」を見た心理的な寒さを詠んだ句で、よく詠めていると思いました。このままでも十分ですが、「見て」を外すのも一つかと思います。動詞を外すことで、さらに「寒し」が効果を上げると思います。

添削例　**山陰の首なし地蔵とは寒し**

原句　**暁に昇る星見て種まけり**　土井令子

作句意図　早朝、東の空に美しい明星を見て、種を蒔《ま》こうと決めました。

詩的な発想の句だと思いました。考えるべきは「昇る」「見る」「蒔く」と動詞が三つ使われていることです。この場合は「見る」を外すことができます。さらに、星が昇るという内容を「明星をいただく」として、より詩的な趣きを強めてみました。

添削例　**明星をいただく夜明け種蒔けり**

原句　**海鼠《なまこ》割る老女の両手赤く腫《は》れ**　松井レイ子

作句意図　故郷七尾では、よく海鼠を頂きました。祖母も母も、手作業でこのわたを出すので、手が真赤でした。

素朴な味わいのある句で、「海鼠」を割る赤く腫れた手だけをクローズアップしたのが効果的です。原句の実感を大切にしたいと思いますが、「割る」「腫れ」と動詞が二つあるので、「割る」に焦点を絞りました。「両手真つ赤に」とすることで、「腫れ」は表現できると思います。また、添削例では「老女」を「女ら」とすることで複数にし、厳冬期に働く女たちの姿を捉えてみました。

添削例　**女らの両手真つ赤に海鼠割る**

原句　**寒鯉の跳ねて琴の音途絶えけり**　富沢百合子

作句意図　友人宅を訪ねると、お琴の練習中。素晴らしい音色に足を止めていると池の鯉が跳《は》ね、一瞬音が途絶えました。

音の組み合わせによって瞬間を捉えた句で、「寒鯉」と「琴」の取り合わせにも格調があります。この句は一定の段階に達しているので、このままでもいいのですが、「寒鯉」か「琴の音」か、どちらかに焦点を当て、おおらかな詠みぶりにすることで、さらに題材が生きるように思います。そこで、「途絶え」るという動詞を省いて、「寒鯉」を描写してみました。

添削例　**寒鯉の大きく跳ぬる琴の音**

❼助詞の工夫

添削教室に次の句が投句されました。〈夏の日に石畳下る馬籠《まごめ》宿〉。作句意図によると、馬籠宿の旧道の急な坂道を、脇に流れる湧水を楽しみつつ下りた時のことを詠まれたとのことです。中七が八音になっているのが気になりますが、句意は明瞭で、「馬籠宿」という固有名詞も効果的です。問題は上五の「に」で、この場合の「に」は「いつ」という時を表すので、句が説明的になってしまったのです。そこで、この「に」を「の」にし、中七を切ると、〈夏の日の石畳下り馬籠宿〉となります。「夏の日」が「石畳」を修飾するので、焦点が絞られ、印象が鮮明になるのです。同様に、〈立秋に片足鳥居少し冷ゆ〉という句も「に」が気になりました。この場合も「に」を「の」にすると、「片足鳥居」が引き立ちます。ただし、この場合は「冷ゆ」を「冷え」と連用形にし、余韻を出してみました。〈立秋の片足鳥居少し冷え〉。助詞の「に」は時や場所の説明になりがちなので要注意です。「の」を上手に使いたいものです。

原句 **大地震《おおない》の夜沈丁《じんちょう》の香も震え** 大釜正明

作句意図 大地震の夜、帰宅難民の列に入って帰宅しました。その途中、路地から沈丁花の香りが漂ってきましたが、その香りも震えていました。

地震のもたらした不安な夜が、「沈丁の香」によってうまく捉えられていると思いました。そこで、その不安感をしっかり表現してはどうかと思います。原句は「大地震の夜（に）」の意で時を表しています。添削例は「大地震の夜の沈丁」で「大地震の夜」が「沈丁」に掛かっています。こうすると「夜」が大きく働くのです。助詞「の」の位置が移動しただけですが、印象は違います。

添削例　**大地震の夜の沈丁香も震へ**

原句　**禅堂に風吹きぬけり蟬時雨《せみしぐれ》**　安部正和

作句意図　月二回の参禅会に参加しています。暑さの厳しい禅堂を一陣の風が吹き抜け、蟬が烈しく鳴いていました。

この句は禅堂での体験が詠まれているので、実感があり型もしっかりしています。ただし、完了の助動詞「り」は四段、サ変動詞に接続します。この句の場合、「吹き抜く」の「抜く」は下二段活用の動詞なので、「風吹き抜けぬ」と完了の助動詞「ぬ」を使います。しかし、音読すると「かぜふきぬけぬ」となり、調べが滞《とどこお》り、風が感じられません。そこで、上五の「に」を「を」にして、「禅堂」が生きるように、ゆったりした調べにしてみました。

添削例　**禅堂を風の抜けゆく蟬時雨**

❽ 俳句はシンプルに

菖蒲湯《しょうぶゆ》の沸くほどに澄みわたりけり　鷹羽狩行《たかはしゅぎょう》

吐く息のしづかにのぼる弓始　小島《こじま》　健《けん》

天空は音なかりけり山桜　藤本美和子《ふじもとみわこ》

端居《はしい》して懐にある夕明り　徳田千鶴子《とくだちづこ》

その窓は風を聴く窓緑さす　西村和子《にしむらかずこ》

ここにあげた句は、どれも季語に対してひとつのことだけを言っています。たとえば、第一句は「菖蒲湯」そのものを詠んでいます。その「菖蒲」を誰がどのように準備したのかとか、誰が入っているのかなど、一切を省略してただ「菖蒲湯」だけが詠まれています。しかし、出来上がった作品を詠むと、湯が温度を上げるにしたがって「菖蒲」が強く香り、湯が清らかなものになってゆく様子がわかります。この句は「菖蒲湯」＋「沸くほどに澄みわたりけり」というシンプルな形によってできているのです。次の「弓始」の句も、新年の「弓始」の厳粛な気分や緊張感を「吐く息」によって捉えています。この場合も「吐く息のしづかにのぼる」＋「弓始」というシンプルな形です。「山桜」の句は取り合わせの句で、やはり「天空は音なかりけり」＋「山桜」という形になっています。「天空」の静けさを表現することで、堂々たる「山桜」の気品が引き立っているのです。「端居」句も同様に、「端居」＋「懐にある夕明かり」の形。胸の中にまで夕日が射してくるような句です。最後の「その窓」の句は、「窓」一つを材料に詠んだ句で、「その窓は風を聴く窓」＋「緑さす」という形になっています。この句では聴覚と視覚が生かされていますが、緑の香りまで感じられます。

このように、俳句は多くの材料を持ち込まず、シンプルな形になるように詠むことで、逆に一句の世界が広がります。シンプルにということは内容だけではありません。表記や音読したときの調べという点でも同じです。

原句　**寒気する程万緑や侘《わ》び住居**　小林不二子

作句意図　丘に建つ我がマンションは古く、周囲は怖いほどの緑の大樹で、夕暮れになるとドキッとします。

「怖いほどの緑」という捉え方が面白いと思いました。ただし、「寒気」という言葉は疑問です。「侘び住居」も不要。「怖ろしい」という実感だけを表現するほうが、句に迫力が出ると思います。焦点を絞ってシンプルな仕上げにするほうが、作者の心情は伝わるのです。

添削例　**怖ろしきまで万緑に囲まれぬ**

7 表現のためのテクニック

❶ 表現の工夫

——言葉の工夫

とぶものはみな羽ひゞく秋の蝶　山口《やまぐち》誓子《せいし》

「蝶」は春の季語ですが、夏にも秋にも見ることができます。しかし、季節ごとに趣きは違っていて、秋は大気が澄んでいるので蝶の飛ぶ姿にも清涼感があります。この句は、羽を使って飛ぶ虫たちの清々しさを「ひゞく」と表現した点がポイントで、なかでも、と

りわけ美しい「秋の蝶」を詠んでいるのです。しかし、この句が、

とぶものはみな羽使ひ秋の蝶

だったとしたらどうでしょう。内容は同じですが、秋の大気も蝶の繊細な羽も見えてきません。また漢字表記の「響く」でも、この味わいは出ません。「響」という画数の多い字が目立ちすぎるのです。俳句は内容も大切ですが、それをどう表現するかが大切です。その言葉でなければ成立しない一句になるまで言葉を選ぶことで、完成度の高い作品が生まれます。それは、難しい言葉を使うということではありません。冒頭の誓子の句を見ればおわかりのように、「ひゞく」は日常の言葉です。次の添削例は、内容は変えず、表現を工夫することで句を鮮明にしています。

原句　**鐘でんと動かじ木の実落ちにけり**　井上耕緑

作句意図　近くの三瀧寺《みたきでら》の山門を潜ると、鐘撞堂《かねつきどう》に堂々とした鐘が見えます。その傍に木の実が落ちている様子を詠みました。

「鐘」と「木の実」という、対照的な物によって一句を構成した点がいいと思います。「でんと動かじ」の堂々たる表現も面白いので、それをさらに強調するために「鐘」を「梵鐘《ぼんしょう》」

としました。視覚的にも、また音読したときの響きという点でも一句の印象はずいぶん違います。

添削例 **梵鐘のでんと動かず木の実降る**

原句 **寒の水二つのまなこ洗ひけり** 長谷川きみゑ

作句意図 視力の回復を願いつつ、通院が続いています。

「寒の水」を使うことで視力の回復を、と思われる気持ちがよくわかります。そこで、「洗ふ」を「浄《きよ》め」としてはどうでしょう。こうすることで切なる思いが出、また「寒の水」も生きると思います。

添削例 **寒の水眼二つを浄めけり**

原句 **吹き上る手筒《てづつ》花火の仁王立ち** 小野田清久

作句意図 花火の筒を手で抱える手筒花火の勇壮な姿を詠んでみました。

「手筒花火」という題材が魅力的だと思いました。この句は、抱えている花火の迫力をどう出すかが課題です。「仁王立ち」も一案ですが、「吹き上る」の部分をさらに印象的に表現してはどうかと思います。

添削例　**火柱を抱ふる手筒花火かな**

原句　**語り継ぐ落人しずか秋遍路**　福﨑紀美子

作句意図　我が家に、時々徳島の落人の末裔《まつえい》の方が訪ねて来られるとのことで、御先祖の話をうかがったときの句です。

「落人」の末裔という題材が魅力的だと思いました。原句は、よく詠めていますが、「秋遍路」とあるので「しずか」が要りません。添削例では「裔」という言葉を補いました。

添削例　**落人の裔《すえ》とて語る秋遍路**

原句　**もう少し吾に生きよと夏の月**　本橋英雄

作句意図　連日の猛暑に閉口していましたが、夜半に素晴らしい月が出て風も涼しく、一息つけました。自然への感謝を詠んだつもりですが、どうでしょう。

作句意図の「自然への感謝」という言葉に共感しました。そこで、表現だけを変えてみます。「もう少し」は「今すこし」に。「夏の月」は「月涼し」に。こうすると、同じ内容ですが句に深みがでます。

添削例　**今すこし吾に生きよと月涼し**

――表記の工夫

手毬唄《てまりうた》かなしきことをうつくしく　高浜虚子《たかはまきょし》

うみどりのみなましろなる帰省かな　髙柳克弘《たかやなぎかつひろ》

どちらも平仮名表記を使って詩情ある作品に仕上がっています。これを漢字表記にした場合、前句は「手毬唄悲しきことを美しく」、後句は「海鳥の皆真白なる帰省かな」となります。虚子の句は「手毬唄」が季語で新年の句。この句の「かなしき」は「悲しき」「哀しき」「愛しき」のすべてを含んでの「かなしき」であって、漢字にすることで意味が限定されることを避けているのです。「手毬唄」の素朴なメロディーとともに、読み手の心の中にある「手毬唄」が「うつくしく」聞こえてきます。克弘句の季語は「帰省」で夏。久しぶりに帰る故郷への思いを「ましろなる」「うみどり」によって表現しているのです。

初弥撒《はつミサ》や息ゆたかなる人集ひ　福永耕二《ふくながこうじ》

この句は新年最初のミサを「初弥撒」と漢字表記にしたことで、「息ゆたか」という言葉とともに、祈りの場とそこに集まる人との敬虔《けいけん》な思いを深く掬《すく》い取っています。
「ミサ」を漢字表記にするなど、思いつかないかもしれませんが、「初ミサ」と比較すれば効果のほどは明らかです。
日本語は平仮名、漢字、カタカナと表記に工夫をすることができます。句の内容や調べを生かす表記によって、句は一段と引き立ちます。

原句　**日を受けし氷柱《つらら》欲しがる男の子**　吉田洋子

作句意図　幼子にきれいな氷柱を食べたいとせがまれて、困ってしまいました。
状況のよくわかる句ですが、一句が説明になってしまいました。ストレートに〈幼子の食べたしといふ氷柱かな〉と詠むことも可能ですが、これでは氷柱の輝きが出ません。そこで、欲しくても手に入らない思いを「きらめくばかり」と表現してみました。この句の場合、平仮名を使うことで、いっそう輝きが出ると思います。俳句は表記の工夫で、句の趣きが変わるのです。

添削例　**幼子に氷柱きらめくばかりなり**

原句　**娘の土産ベネチュアグラスのクリスマス**　佐伯明子

作句意図 イタリア旅行をした娘が、ベネチュアグラスを送ってくれました。

よく意味のわかる句です。でも、全体にカタカナが多く、言葉も多いので、「ベネチュアグラス」だけを生かして内容を整理します。上五の「娘の土産」も、作者としては言いたいでしょうが、俳句としては不要で、「届く」にとどめておくほうがいいのです。なお「ベネチュアグラス」は字数の関係で「ベネチュアングラス」としました。また、「クリスマス」は「降誕祭《こうたんさい》」とします。こうすると、視覚的にもカタカナが引き立ち、句がまとまります。

添削例 **ベネチュアングラスの届く降誕祭**

──調べの工夫

ちるさくら海あをければ海へちる　高屋窓秋《たかやそうしゅう》

桜が海へ散ってゆくさまを捉えた句で、桜と海の色彩感の美しい句です。「海あをければ」は、「海が青いので」という意味で、まるで「桜」が海の青さに惹かれて散ってゆくように詠んだところに詩的な趣きがあります。表記も「ちるさくら」「あをければ」を平仮名にして桜が波に散りゆくさまをイメージさせていますが、音読したときの調べも、「ウミ」「ウミ」と繰り返される響きが絶妙です。

乳母車夏の怒濤《どとう》によこむきに　橋本多佳子《はしもとたかこ》

同じく海を捉えた句ですが、こちらは「夏の怒濤」。「よこむき」の不安定な「乳母車」が今にも大波に浚《さら》われてしまいそうです。この句は「ウバグルマ」「ドトウ」に用いられている濁音が効果的で、音読したときに句のインパクトを強めるのです。

ふはふはのふくろふの子のふかれをり　小澤《おざわ》實《みのる》

この句は「子」以外すべて平仮名が使われていて、柔らかい羽毛に覆われた「ふくろふの子」が見えるようです。しかも五・七・五のそれぞれの頭が「ふ」で統一されています。これを頭韻を踏むといいます。

このように、俳句は視覚的効果とともに音読したときの調べも大切です。句の内容にあった調べを心掛けましょう。

原句　**山萩《やまはぎ》を手折《たお》る指先しとゞぬれ**　東仲千壽子

作句意図　病室のつれづれに詠んだ句です。

古典的な題材が繊細に詠めていると思いました。このままでいいと思うので、添削は別案です。句の時間を「山萩を手折る」前にしてみました。「む」は意思を表すので、「手折ろうとして」という意味になります。「山萩」を愛でる思いが表現され、音読したときの全体の調べも整ったと思います。下五は「けり」を使うことも可能ですが、「けり」は鋭く切れるので、内容から考えて「たる」とおおらかにまとめました。

添削例　**山萩を手折らむと指濡らしたる**

❷ 比喩《ひゆ》表現

やり羽子や油のやうな京言葉　高浜虚子

ひかり降るごとく雨来て山桜　茨木《いばらき》和生《かずお》

銀漢を荒野のごとく見はるかす　堀本裕樹《ほりもとゆうき》

船のやうに年逝く人をこぼしつつ　矢島《やじま》渚男《なぎさお》

比喩はAのことを表現するために、「Bのように」とか、「Cの如く」などと喩《たと》える方法で、日常生活でもよく使われます。たとえば、「まるでおとぎの国に来たよう」とか、「雪のように白い肌」、「脱兎《だっと》の如く逃げる」など、さまざまに使われています。

冒頭の例句は、それぞれ「京言葉」を「油のやうな」と喩え、「雨」を「ひかり降るごとく」と喩え、「銀漢（天の川）」を「荒野のごとく」、「逝く」「年」を「船」と喩えることによって一句の表現力を詩的に高め、作品を際立てています。

このように、俳句において比喩表現は効果的なので、いろいろ工夫すると面白いのですが、注意が必要です。第一に日常よく使われる比喩は使わないこと。第二に比喩に意外性があることです。冒頭の句で見ると、「京言葉」と「油」には何の関係もなく、また、このような比喩はだれも思いつきませんでした。この句は「やり羽子」が季語で新年の句。羽根突きをしている子どもたちの、ゆるやかで滞《とどこお》りない「京言葉」を、まるで「油」のようだと感じたのです。比喩表現は意外性が命。それがない場合はむしろ避けたほうがいいくらいなのですが、これも使ってマスターすることです。技法をいろいろ試みてみましょう。

原句　**秋の風溺《おぼ》れるように蝶の舞う**　源通ゆきみ

作句意図　公園で花から花へ舞う蝶を見ました。まるで風に溺れるように、流されるように舞っていました。
「風」に「溺れるように」飛ぶ蝶、という捉え方がいいと思いました。そこで、この材料を「秋の蝶」として詠んではどうでしょう。さらに旧仮名にすると、「風に溺るる」という表現が生きると思います。

添削例　**秋の蝶風に溺るるやうに飛び**

原句　**果てまでも砦《とりで》の如《ごと》く掛大根**　牧野正和

作句意図　見渡す限りの大根畑に、「砦の如く」掛け干される大根の壮観な眺めを詠んでみました。

「砦の如く」という比喩が成功して、景がよく見えます。そこで、この比喩をさらに生かすために上五の「果てまでも」を「果てしなき」とします。「まで」という限定的な表現を外すことで、句に広がりが出るのです。また、中七の「如く」を「如し」として切ると、句にきっぱりとした響きが生まれます。

添削例　**果てしなき砦の如し掛大根**

原句　**我心見透かすように冬の月**　保田　望

作句意図 冷徹な冬の月を眺めていて、自分の心の内を見透かされているように思えました。

伝えたい内容がしっかり詠めています。このままでもいいと思いますが、この句の場合は「ごとし」を使ったほうが迫力が出ます。意味は同じですが、音読したときの響きが厳しいので、「冬の月」も生きるのです。この場合は「ごとく」と続けないで、「ごとし」ときっぱり切ります。さらに、「我心」を「心底」とすると、どこまでも見透かされている感じが強くなります。

添削例 **心底を見透かすごとし冬の月**

上達のポイント

直喩と暗喩

比喩には「〜のように」「〜の如く」など、「ように」や「如し」を使う直喩と、そのような言葉を使わない隠喩（暗喩）があります。たとえば、「林檎のような頬」という表現は直喩、「林檎の頬」は隠喩。ともに赤いという言葉が隠されています。〈金剛の露ひとつぶや石の上　川端茅舎《かわばたぼうしゃ》〉は隠喩のお手本のような句。露の煌《きら》めきを「金剛（のようだ）」と捉えたのです。

作ってみよう!

型 「母の手は○○○の如し（春夕焼《はるゆやけ》）」

言葉を補って一句詠みましょう。

ヒント

①できるだけ○に入る音数を守って考えてみましょう。

②（　　　）に入る季語は五文字。「母の手は○○○の如し」を生かす季語を入れてみましょう。

③「母の手」に代わるものを入れて、それが何のようか考えてみましょう。

④内容を生かす季語を入れてみましょう。

私の一句◆○○○○は○○○の如し（　季語　）

❸ 擬人法

囀《さえずり》をこぼさじと抱く大樹かな　星野立子《ほしのたつこ》

万緑の能登の肋《あばら》を縦断す　中坪達哉《なかつぼたつや》

みづからの光りをたのみ八ッ手咲く

飯田龍太《いいだりゅうた》

擬人法は人間でないものを人間のように表現する方法で、これも日常的によく使われます。立子の句は「囀」が季語で春。春の大きな木が、集まってしきりに囀っている鳥たちを「零《こぼ》さないように抱いて」いるのです。達哉句は能登《のと》半島を走る山々を「肋」と表現、龍太は冬に咲く「八ッ手」の花を、自分自身が発する光を頼みにしているようだと捉えています。

このように、擬人法は比喩の一種ですから、成功すると句を斬新なものにしますが、ごく日常的な擬人法はむしろ句を平凡にします。たとえば雨に濡れた「薔薇《ばら》がうつむく」とか、「虫が音を奏でる」、「夕日が山を染める」、「風がささやく」などはみな俳句表現にすると精彩を欠きます。ですから、すでにある擬人法による表現は使わないようにして試みてください。

原句　**杉山の飛白《かすり》羽織りし初景色**　森　きよし

作句意図　温泉宿で新年の朝を迎えた朝の景色を詠みました。

雪の杉山を「飛白」と捉えた点が良かったと思います。ただし、この句の場合は「飛白羽織りし」と擬人化すると風景が小さくなります。季語の「初景色」を生かすためにも、「羽織る」という動詞を外したいところです。擬人法は成功すると抜群の効果を上げますが、多くの人が思いつきそうな擬人法はかえって句を平凡に見せてしまうのです。そこで、この句の場合は「飛白模様」と名詞化します。杉の緑と雪の白が「飛白模様」になって色彩感も美しく、「初景色」がいっそう鮮やかです。

添削例　**杉山は飛白模様に初景色**

作ってみよう！

型　［○○○○のささやいてゐる（秋の風）］

言葉と季語を補って一句詠んでみましょう。

ヒント

①○○○○に入る言葉が季語にならないようにしましょう。

②（秋の風）に代わる季語を考えてみましょう。

私の一句◆○○○○のささやいてゐる（　季語　）

❹ 対句

星涼しもの書くときも病むときも　大木《おおき》あまり

虫籠に虫ゐる軽さゐぬ軽さ　西村和子《にしむらかずこ》

狼は亡び木霊《こだま》は存《ながら》ふる　三村純也《みむらじゅんや》

対句表現は漢詩などでよく使われる方法で、AとBが一対になるように表現します。あまり句は「もの書くとき」と「病むとき」が一対。健康と病気を一対にすることで、天上で涼しく自分を見守ってくれる星を描いているのです。和子句は「ゐる軽さ」「ゐぬ軽さ」と存在の有無を一対にし、軽さの違いを捉えることで、かそけき虫の命を表現しています。また、純也句では一句全体が「狼は亡び」と「木霊は存ふる」と対句になっています。さらに、この句は「狼」という実体あるものが滅亡して、「木霊」という実体のないものが存続していると表現することで、亡びた狼の遠吠えが聞こえるような効果があります。

対句表現は何を対にするかが大切で、似たものを対にするか、一見無関係なものを対にするかで大きく変わります。どちらも可能ですが、一対が平凡だと句が印象に残りません。

一対にするものを何にするかを考えることで発想を磨きましょう。

原句　**参道に屋根にと音す木の実雨**　松本ふみえ

作句意図 楠《くすのき》が黒い実をたくさん落とし、本殿やトタン屋根に音をたてているのが参道にまで聞こえていました。

「参道」と「屋根」が一対になっていて、「木の実雨」が効果的です。そこで「屋根」を「大屋根」として大きさを出し、音数も揃えてリズム感のいい句にしたいと思います。

添削例　**参道に大屋根に音木の実雨**

原句　**萩の花水琴窟《すいきんくつ》の音に散れり**　酒井成生

作句意図 公園に小さな水琴窟があり、萩の花が咲いていていました。

「萩の花」と「水琴窟の音」がともに散るような趣きがあっていいと思います。このままでもいいと思いますが、この句を対句表現を使って表現すると面白いと思います。萩の花が散る様子と、水琴窟の音のかすかな感じを「〜も〜も」の型を使って詠んでみました。

添削例　**かすかなり水琴窟も萩散るも**

原句　**三尺を釣るや放てり五月晴れ**　植松順子

作句意図　散歩の途中、一メートル近い鯉が釣られるのを見ました。釣った人が一旦攩網《たもあみ》に取って、その後すぐ放したので感動しました。

作句意図によって、「釣るや放てり」と表現したことがわかります。では、この部分を対句にしてはどうでしょう。上五を「大鯉」として、中七を「釣りて放ちて」とすると、季語の「五月晴れ」がぐっと生きます。晴れやかな気分をも表現するからです。対句の効果絶大な句になりました。

添削例　**大鯉を釣りて放ちて五月晴れ**

作ってみよう！

型　［秋深みゆく○○○○も○○○○も］

言葉を補って一句詠んでみましょう。

ヒント

①○に入る言葉の音数を守って考えてみましょう。

② 「○○○も○○○○も」の部分には、秋が深まることを実感できるものを一対にして入れます。たとえば「風音も水音も」のように組み合わせます。その際、季語が入ってしまわないようにしましょう。
③ できれば対になる二つのものを関係のないものにすると、句に意外性と広がりが出ます。

私の一句◆秋深みゆく○○○も○○○○も

❺ 呼びかけ

雀らも海かけて飛べ吹流し　石田《いしだ》波郷《はきょう》
水馬《みずすまし》いのちみづみづしくあれよ　中岡《なかおか》毅雄《たけお》
黄泉《よみ》に文書けよと朴《ほお》の散りにけり　藤田《ふじた》直子《なおこ》

これらの作品には「飛べ」「あれ」「書け」と、動詞の命令形が使われています。

波郷句は「吹流し」が季語で、端午の節句を詠んだ句。「雀」に向かって、お前たちも大海を志して飛べ、と呼びかけています。同様に、毅雄句は「水馬」のような小さな命に、健やかであれと呼びかけています。これらの句は「雀」「水馬」に呼びかけつつ、それ以外の命あるものにも呼びかけていると読めます。それに対して、直子句は「朴」の葉が、まるでこれに手紙を書きなさいというように散る、と詠んでいます。手紙を書く相手は黄泉の国の住人。届けようのない「朴」に書く手紙です。

このように、一句に命令形を使うと対象への呼びかけが生じるので、句にめりはりがつきます。

原句

山椿初咲きの色問うてみる　岡島勝治

作句意図 十年くらい前に植えた山椿に、初めて五つ六つ蕾《つぼみ》が付いたので、思わず、「何色かな」と尋ねてみました。

「山椿」とあることで野趣が感じられます。この句は〈初咲きの色問うてみる山椿〉と季語を下に置くと落ち着きます。これで一句です。添削例は別案で、「色を答えよ」と命令形を使ってみました。表現に変化がつくので「山椿」が際立つと思います。

添削例　**初咲きの色を答へよ山椿**

原句　**いのちある落蟬《おちぜみ》枝にもどしけり**　北原勝介

作句意図　病院からの帰り、足元にゆっくり動く落蟬を見つけ、そっと枝に戻してやりました。

句意が明瞭で、「いのちある」という平仮名表記にも工夫が感じられます。しかし、このままでは「こういうことがありました」という報告。そこで、「枝にもどし」た時の作者の思いを命令形を使うことで、もう一歩強く詠んでみました。

添削例　**落蟬を生きよと枝に戻しけり**

作ってみよう！

型　［子どもらは○○○○○○○（雲の峰）］

言葉と季語を補って一句詠んでみましょう。

ヒント

① ○の部分に子どもたちに呼びかける言葉を入れてみましょう。たとえば「野原を駆けよ」のように、七音になるようにします。

② (雲の峰) は夏の入道雲のことです。入道雲を生かす内容の呼びかけを考えてみましょう。

③ (雲の峰) に代わる季語を考えて私の一句を完成させましょう。

私の一句◆子どもらは○○○○○○○ (　季語　)

❻ その他の技法

――打ち消し

羅《うすもの》をゆるやかに著て崩れざる　松本《まつもと》たかし

空蟬《うつせみ》のいづれも力抜かずゐる　阿《あ》部《べ》みどり女《じょ》

日向ぼこ水平線より何も来ず　西山《にしやま》　睦《むつみ》

俳句表現は目の前の景を捉えることが多いので、否定や打ち消しを使うことは少ないのですが、打ち消しによる強調や、存在しないものをイメージさせるなど、表現方法として有効です。

たかしの句は「羅」が季語で夏。ゆったりと涼しげに夏衣を着た人が、芯はしゃんとしていて決して「崩れない」様子を詠んでいます。みどり女の句は「空蟬」が季語で夏。「力抜かず」と表現することで、蟬が脱皮するときの渾身の力を「空蟬」に感じます。睦の句は「日向ぼこ」が季語で冬。穏やかに凪いだ海の彼方から、何もやって来ないと詠むことである安らぎとともに、何か期待が満たされないような感じもあります。これらの句は何れも「崩れざる」「抜かずゐる」「何も来ず」と下五に打ち消しを使うことで、一句を反転させています。読者の予想を裏切ることによる効果なのです。

原句　**法師蟬泣かぬときめし夕べにも**　田邉寛子

作句意図　主人が亡くなり、納骨を済ませました。「つくつくこいし」と啼かれると私も涙が止まりません。

「法師蟬」に焦点を絞ってよく詠めていると思いました。したがって、添削は別案です。一句から作者を消し、「法師蟬」に作者の心情を託します。そのために「夫《つま》あらぬ」と上五に打ち消しを用いました。

添削例　**夫あらぬ夕べを啼いて法師蟬**

原句　**冴ゆる夜の花に閉づなき目のありぬ**　吉村圭司

作句意図　帰宅が深夜になることもあるこの時期、山茶花《さざんか》や冬薔薇《ふゆそうび》などがじっと私を見つめている思いがします。少し恐いように思うこともあり、それを詠みたいのですが、「閉づなき」は正しい表現でしょうか。

感覚的な句で、発想がいいと思いました。ご質問の「閉づなき目」は、正確には「閉づることなき目」と表現するべきだと思います。しかし長いので、同じ意味の「閉ざさざる」を使ってはどうでしょう。「冴ゆる夜」は花が目覚めている感じをうまく捉えていると思いますが、句が冗漫になるので、「寒夜」を使いました。

添削例　**花々の目を閉ざさざる寒夜かな**

原句　**踏むまじき文豪旧居の沙羅《さら》の花**　及川光子

作句意図　森鷗外《もりおうがい》旧居の跡地で食事をした時の句です。「鷗外旧居」としたほうがいいか、迷いました。

風格のある句で、このままで十分だと思いました。ただし、中七は「鷗外旧居」のほうがいいと思います。添削例は「〜なれば」という俳句表現の型を使った別案で「踏むまじ」という否定表現が生きると思います。

添削例　**鷗外の花沙羅なれば踏むまじく**

作ってみよう！

型　［まだ咲かぬ○○○○の花（空青く）］

○○○○に季語になっている花の名前を補って一句詠んでみましょう。

ヒント

①できるだけ○に入る音数を守って考えてみましょう。たとえば「百合」なら「山百合」にするなど工夫します。

②この型ではどの季節の花を入れても一句になります。（空青く）に入る言葉を工夫して、花が引き立つように考えてみましょう。

私の一句◆まだ咲かぬ○○○○の花○○○○○

──リフレーン

花に一会《いちえ》花に一会と老いけらし　後藤《ごとう》比奈夫《ひなお》

西国の畦曼珠沙華《まんじゅしゃげ》曼珠沙華　森《もり》　澄雄《すみお》

あめんぼと雨とあめんぼと雨と　藤田《ふじた》湘子《しょうし》

「リフレーン」とは繰り返すという意味です。比奈夫句は「花に一会」を繰り返すことで、歳月という時間を表現。澄雄句では「曼珠沙華」を繰り返すことで、どこまでも曼珠沙華に彩られた空間を表現。そして湘子句では「あめんぼと」「雨と」を繰り返すことで、水馬の作る水輪と、雨脚の作る水輪を視覚化、それが次第に入り交じる様子が見えます。

原句　**小さな手小さな懺悔《ざんげ》地蔵盆**　辻井康祐

作句意図　地蔵盆に、浴衣姿の小さな女の子がしばらく合掌していました。

「小さな手」からの発想で「小さな懺悔」を中七に置いたのが良かったと思います。ただし、

「懺悔」という言葉は気になります。作句意図には「合掌」とあるので、テーマにふさわしく「祈り」として、リフレーンを生かします。

添削例 **小《ち》さき手の小さき祈りや地蔵盆**

原句 **秋の陽を包んでは売る干し魚**　岡田鋏夫

作句意図 港町で、見た光景です。簀《す》の子に並べられ、秋の陽に干された魚が、一袋、また一袋と秋の陽に包まれて売られてゆきます。

「秋の陽」を「包む」という発想がいいと思いました。そこで、「包む」という言葉を繰り返して、「Aを包む」＝「Bを包む」という形にしてみました。ひとつの表現の型ですが、焦点が定まると思います。

添削例 **干し魚を包み秋の日つつみけり**

作ってみよう！

型 ［燗酒を酌《く》む〇〇〇〇（と・て）〇〇〇〇（と・て）］

言葉を補って一句詠んでみましょう。

ヒント

①「燗酒」は冬の季語。〇〇〇〇には同じ言葉が二回入ります。

②（と・て）のどちらかの助詞を使って詠みましょう。

例　なみなみとなみなみと

例　嬉しくて嬉しくて

私の一句◆燗酒を酌む〇〇〇〇（と・て）〇〇〇〇（と・て）

――オノマトペ

ひらくと月光降りぬ貝割菜　川端茅舎《かわばたぼうしゃ》

鳥わたるこきこきこきと罐《かん》切れば　秋元不死男《あきもとふじお》

ぐんぐんと山が濃くなる帰省かな

黛《まゆずみ》 執《しゅう》

オノマトペというのは擬音語《ぎおんご》、擬態語《ぎたいご》のことです。「川がさらさら流れる」「風がびゅうびゅう吹く」「葉がはらはら散る」「仕事がどんどんはかどる」など、私たちの日常にも多くのオノマトペが登場します。オノマトペは特別な技法ではなく、誰でも使えます。そのかわり、誰もが使うオノマトペを、そのまま俳句に使ったのでは平凡な表現になるのは当然です。

茅舎の句では月光を「ひら〱」と表現することで柔らかい「貝割菜」を表現。不死男の句は終戦後に詠まれた句としてよく知られています。当時缶詰は高級品です。「こきこきこき」が缶切りを使って缶を開けるときの音を描写するとともに、喜びや期待感をも表現しているのです。そして執の句では、だんだん故郷に近づいてゆく懐かしさが「ぐんぐん」という表現の中に込み上げるように表現されています。新鮮なオノマトペによって、斬新《ざんしん》な一句を詠みたいものです。

作ってみよう！

型 「猫の仔の○○○○○○と鳴いてをり」

○の部分に猫の鳴き声を入れてみましょう。

ヒント

① 季語は「猫の仔」で春の季語です。

② ○○○○○○の部分にオノマトペ（擬声語）を入れます。

③ 表記は平仮名でも片仮名でもかまいません。六音になるように考えましょう。

④ 誰でも思いつくようなオノマトペは避けましょう。

私の一句◆猫の仔の○○○○○○と鳴いてをり

――人名を生かす

西鶴《さいかく》の女みな死ぬ夜の秋　長谷川《はせがわ》かな女《じょ》

フェノロサの墓へのみちの孔雀歯朶《くじゃくしだ》　星野麥丘人《ほしのばくきゅうじん》

眼前に等伯《とうはく》の松片時雨《かたしぐれ》

棚山《たなやま》波朗《はろう》

俳句は詰まるところ挨拶の文芸なので、さまざまに固有名詞を生かすことができます。ここでは、もっとも身近な方法として人名をあげてみました。かな女の「西鶴の女」とは西鶴の小説に登場する女たち。『好色一代女』などの作品が思われます。「夜の秋」は秋の訪れを思わせる夏の夜。忍び寄る秋の気配は、華やかに生きた女たちの末路を思わせるのです。麦丘人の「フェノロサ」は著名な東洋美術の研究家で、岡倉天心《おかくらてんしん》らとともに東京美術学校の設立に努めた人です。その遺骨が滋賀県の法明院に埋葬されているのです。この句は、墓参に訪れての一句でしょう。「孔雀」の華やかさが障壁画などの東洋美術を思わせます。同様に等伯といえば「松林図」。波朗句は長谷川等伯《はせがわとうはく》が描いた「松」を眼前にしての句で、初冬に降るさみしい「片時雨」に、等伯に寄せる作者の心情が重ねられています。

原句

麦秋小津安二郎《おづやすじろう》原節子《はらせつこ》　市来賢一郎

作句意図 初めて小津映画を観ました。その人間味あふれる内容に、場内は感動でいっぱいでした。

映画監督と女優の名前を、それもフルネームで詠み込んだ大胆な作品です。成功の鍵は季語ですが、「麦秋」が効果を上げました。日本の原風景を思わせる懐かしさが感じられるからです。ただし、原句は上五が四音なので「麦秋の」としなければなりません。添削例では季語を下に置いて、余韻を残しました。

添削例　**原節子小津安二郎麦の秋**

原句　**ニューイヤー小澤征爾《おざわせいじ》の指揮しみ入る**　岸本隆子

作句意図　小澤征爾氏の癌手術の予後を心配していましたが、ニューイヤー・コンサートの熱演に深く感動しました。

中七に置いたフルネーム、「小澤征爾」が効果的です。ただし、「しみ入る」で答えが出てしまいました。そこで、氏の気魄籠《きはくこ》もる指揮を新年の季語「淑気《しゅくき》」で表現してはどうでしょう。上五の「指揮台」によってニューイヤー・コンサートであることもわかると思います。

添削例　**指揮台の小澤征爾の淑気かな**

作ってみよう！

型 ［若き日の○○○○○○○（　季語　）］
○の部分に人名を入れて、その名前を生かす季語を入れてみましょう。

ヒント
①○の部分に入る人名は歴史上の人物、タレント、スポーツ選手、知人など、誰でもかまいません。
②人名の表記は漢字など正確に。○の数は音数を示しているだけです。
③字数が六音のときは「や」「よ」を補ってみましょう。

私の一句◆若き日の○○○○○○○（季語）

――数詞を使う

うごかざる一点がわれ青嵐　　石田《いしだ》郷子《きょうこ》

月一輪凍湖一輪光りあふ　　橋本《はしもと》多佳子《たかこ》

萬の翅見えて来るなり虫の闇　高野《たかの》ムツオ

ここにあげたのは数詞を生かした句で、郷子句の季語は「青嵐」で夏。強い夏風に吹かれて、木々の緑が大きく揺れ動く中で、それを眺めている作者だけが動かない「一点」であることを発見した句です。多佳子の作品は数詞「一」を生かした対句で、「月一輪」と「凍湖一輪」が冬の天と地に在って呼応しているようです。ムツオ句は「萬」という数詞を生かした句で、秋の闇の中に万の虫たちが「翅」を震わせて鳴いている様子が幻視されています。

数詞を生かした名句はたくさんあって、表現技法の中でも用いやすい方法ですからぜひ試してみてください。ただし、景が単純化されるだけ類型化しやすいという弱点もあります。

原句　**良きことのあれば西瓜《すいか》を厚く切る**　岡田鋏夫

作句意図「あなた、今日は西瓜を厚く切ったのね」と妻が言いました。俳句が入選したことをあとで知らせて驚かすつもりでした。

心の弾みの感じられる句で、「西瓜」が美味しそうです。このままでもいいと思いますが、

「西瓜を厚く切る」理由が語られてしまっているのが問題です。そこで、朗報が届いたことを数詞を使って表現してみました。

添削例　**一報のありて西瓜を厚く切る**

原句　**鑿《のみ》百丁使ふ木彫師春火鉢**　寺本邦子

作句意図　山峡の仏具を作る村を訪ね、工具の多さに驚きました。木地師の膝元には春火鉢と膝掛けがあり、木屑を被っていました。

「鑿百丁」「春火鉢」と、いい題材が揃っています。この場合「使ふ」は言わなくてもわかりますからここを省略し、全体をすっきりさせることで「百」という数詞を生かします。

添削例　**木彫師の百丁の鑿春火鉢**

原句　**桜の夜地霊の宴足の裏**　仁木遊子

作句意図　私の町には三千本の桜並木があります。桜の木の下には何か霊が住んでいるとか。そんなことを思い詠みました。

虚の世界に踏み込んだ面白さのある句ですが、「地霊の宴」まで表現するのはどうでしょう。「夜桜」にはすでにそういう妖しさがあります。また「地霊」なので「足の裏」も省けます。そこで、作句意図にある「三千本の桜」を使ってみました。

添削例　**夜桜の三千本の地霊かな**

作ってみよう！

型　［折鶴を○羽折りたる（春愁《はるうれい》）］

○の部分に数詞を入れてその数を生かす季語を入れてみましょう。

ヒント
① ○の部分に一、～百、千など、数詞を入れてみましょう。ただし、五・七・五の字数に合う数詞を使います。
②（春愁）は気怠さをともなう哀愁。深刻な哀しみではありません。
③ 入れたい数詞を生かせる季語を考えましょう。

私の一句◆折鶴を○羽折りたる（季語）

――色彩を生かす

あをあをと星が炎えたり鬼やらひ　相馬遷子《そうませんし》

秋茄子《あきなす》にこみあげる紺ありにけり　鈴木鷹夫《すずきたかお》

うららかや子豚十頭さくら色　青柳志解樹《あおやぎしげき》

若葉色して蜘蛛《くも》の子の吹かれゐる　山田佳乃《やまだよしの》

ここにあげた句には、それぞれ「青」「紺」「さくら色」「若葉色」という色彩が詠み込まれています。句の作り方としては遷子の句だけが「星」と「鬼やらひ（節分）」との取り合わせで、あとの三句は色彩によって対象を生き生きと捉えています。このように色彩は俳句表現に有効で、文字通り句に色を添えます。

「薔薇《ばら》色」「萌葱《もえぎ》色」、「鶯《うぐいす》色」など植物や動物の名前を用いた色彩から、「トパーズ色」「エメラルド色」など宝石の色、「江戸紫」「唐紅《からくれない》」などの固有名詞を用いたものなど、豊かにありますから、これも平凡にならないように上手に使いましょう。

原句　ミニ薔薇《そうび》垣根を越えて咲き乱る　郡　登志子

作句意図 梅雨の晴れ間にウォーキングを楽しんで出合った風景です。

一読、景が明瞭でしっかりした句になっています。しかし「越えて」とあれば「咲き乱れている」こともおおよそわかります。そこで、下五に色彩を使ってはどうでしょう。あふれんばかりの薔薇が鮮明になります。

添削例 **ミニ薔薇垣根を越えて真つ赤なり**

作ってみよう！

型 ［貫ふなら○○○○○○○（涼新た）］

○の部分に欲しいものを入れてみましょう。ただし、それが何色かも入れます。

ヒント

① ○の部分に入るものは現実にあるものでも、現実にはないものでもかまいません。たとえば「真白きノート」「銀色の鳥」など、考えてみましょう。

②「涼新た」は秋の季語。秋に入ってから感じる涼しさを言います。

③ 欲しいもの、色を生かす季語を考えてみましょう。

私の一句◆貫ふなら○○○○○○○（季語）

――嗅覚を生かす

ひとしきり雪の匂へる雛《ひいな》かな　雨宮《あめみや》きぬよ

見えさうな金木犀《きんもくせい》の香なりけり　津川絵理子《つがわえりこ》

金魚売消えて真水の匂ひかな　仁平《にひら》勝《まさる》

百合の香に顔を打たるる喪の帰り　檜山哲彦《ひやまてつひこ》

俳句表現には「視覚」「聴覚」「触覚」など五感を駆使した表現が用いられます。もちろん「嗅覚」も用いられますが、ほとんどは花の香りです。雨上がりの沈丁花《じんちょうげ》や、闇の中の梔子《くちなし》などがそれで、これは枚挙にいとまがありません。そこで、「嗅覚」を生かした表現にも工夫が必要ということです。

冒頭の句をご覧ください。きぬよ句は「雪の匂」いの「雛」に意外性があり、絵理子句は「金木犀の香」という嗅覚を「見えさう」と視覚化しています。勝句は「金魚売」がもういないのに、そこに残っている「真水の匂ひ」を捉え、哲彦句は「百合の香」という嗅覚を「顔を打たるる」と触覚化することで、その死が衝撃であったことを表現しています。次の句は記憶の中の香りを詠んでいます。

原句　**遠き日の香が蘇る蓬《よもぎ》風呂**　　酒井成生

作句意図 偶然入った温泉で蓬風呂に浸り、その香りに幼いころの摘草を思い出しました。草餅《くさもち》にしろ、香草風呂にしろ、香りというのは眠っている郷愁を呼び覚ますもののようです。そこで、この句も「蘇る」を上五に置いて、過去に呼びかけるような、懐かしい味わいの句にしてはどうかと思います。

添削例　**よみがへる遠き日の香よ蓬風呂**

作ってみよう！

型 ［○○○○の香のなつかしき夜店かな］

○の部分に言葉を入れて、一句詠んでみましょう。

ヒント

①季語は「夜店」で夏。○の部分に、「夜店」で売られている匂いのするものの名前を入れます。

②○の部分に入る言葉が季語にならないようにしましょう。

③「夜店」以外の季語を入れて詠んでみましょう。

例 「綿菓子」の香のなつかしき「夜店かな」

←

「綿菓子」の香のなつかしき「夏の星」

私の一句◆○○○○の香のなつかしき（季語）

8 私らしさをもとめる

❶ 私のために詠む

雪が降り石は仏になりにけり　今《いま》井《い》杏《きょう》太《た》郎《ろう》

俳句は自然や人への呼びかけ、つまるところ挨拶の文芸ではありますが、ではなぜ挨拶するのかということを突き詰めてゆくと、自分のために詠むということになります。挨拶をすることで、自分の存在が確認できるからです。誰かに認められるためや、賞められるために詠むのではなく、自分に向かって詠むという姿勢を基本に据えておくことが大切です。だれかが共感してくれたり、賞めてくれたりするのはその結果です。かつて今井杏太郎は「呟《つぶや》けば俳句」と語っていました。決して声高に、誰かに認められるために詠むものではないということです。

冒頭の杏太郎の句は、そんな静かな句です。仏像が時を経て木や石に帰ってゆくという句はありますが、この句は雪を被った石が「仏」になったというのです。しんしんと降る雪と、深く雪に覆われてゆく石を無欲に見つめる目が感じられます。

原句　**マスカット一粒ずつが春を告ぐ**　後藤明子

作句意図 骨折で入院中、友人から老舗の立派なマスカットを届けてもらい、萎《な》えた心に春の息吹が吹き込まれたようでした。

大粒の「マスカット」に励まされる作者が見えるようで、状況を説明せず、「マスカット」に焦点を絞ったのが良かったと思います。このように、一句に詠んでおくことで「マスカット」を届けてくれた友達への感謝の気持ちも、ありがたいと思った作者の気持ちも一句の中にとどめておくことができます。俳句は、まずは自分のために詠むということを忘れなければ、一句一句が大切なものになります。この句の場合は、「マスカット」が秋の季語なので、もう少し春らしさを押し出したいと思います。また、自分のための一句として、その時の気持ちも表現してみました。

添削例　春めくや吾れに癒《い》えよとマスカット

❷ 季語の活用

添削教室に、〈春泥《しゅんでい》の靴あと目立つ遊歩道〉〈春泥に山の子存分に遊びをり〉とともに「春泥」を季語とする作品が投句されたことがありました。

後の句は中七が字余りですが、今はその点は置くとして、それぞれ句の意味はよくわかります。そこで季語ですが、『歳時記』を開くと「春泥」は、凍解《いてどけ》、雪解、春雨などによるぬかるみであることが書かれています。また、〈ゆる〳〵と児の手を引いて春の泥　杉田久女《すぎたひさじょ》〉のような例句があがっています。久女の句は「春の泥」については何の説明もしていませんが、幼い子どもの手を引いて、ぬかるみをゆっくり歩く様子がよくわかります。「春の泥」という季語のもつイメージが生かされているのです。

では、投句された二句はどうでしょう。「遊歩道」とあれば、そこに「靴あと」が付いているであろうことは想像できます。また、「山の子」を描くのなら、「存分に」という言葉より、どんな遊びをしているのかを具体的に捉えるほうが景が鮮明になります。「春泥」とあれば、そこからいろいろなことがイメージされるのです。季語は俳句として一句の中に用いられるときは、日常の意味伝達としての働きよりも、多くのことを語ります。「季語の力」をどう生かすか工夫しましょう。

――季語を下に置く場合

季語を一句のどこに置くかによって、季語の働きは違ってきます。そこで、秋を代表する「萩」の花を例に、それぞれの効果について見てみましょう。

低く垂れその上に垂れ萩の花　高野素十《たかのすじゅう》

この句は「萩の花」を詠んだ句ですが、季語は下に置かれています。読者が「低く垂れ」「その上に垂れ」と読んで、何のことだろうと思ったところで「萩の花」と季語が出てくるので、意外性があるのです。俳句の詠み方には「一句一章」と「二句一章（取り合わせ）」がありますが、どちらの場合も、一般的に季語を下に置くと、意外性とともに安定感があります。

原句　**花楓《はなかえで》パイプオルガン鳴り響く**　佐藤豊子

作句意図 新芽の美しい楓に、葉に隠れるように小さな花がたくさん付いていて、教会からはパイプオルガンの音が聞こえていました。

「花楓」と「パイプオルガン」の取り合わせが清々しい句です。原句は屋外で「花楓」を目にしている句ですが、中七の「パイプオルガン」がやや目立って気になります。そこで、添削例では視点を変えて、花楓に包まれている教会を表現しました。

添削例 **聖堂に響くオルガン花楓**

原句 **白牡丹《はくぼたん》朝露光るめぐみかな** 金井美智子

作句意図 日本画を三十五年趣味で楽しんでいました。牡丹が好きで十枚程描いていましたが、朝スケッチをしないとすぐ萎《しお》れてしまいます。

「白牡丹」の捉え方がおおらかです。しかし、「露・光る・めぐみ」は全体に繋がりがあるため、句が平凡に見えます。そこで、「めぐみ」を生かしました。「朝露」「白牡丹」と季語が二つありますが、これは「白牡丹」を季語とする句です。季語を下に置くことで、「白牡丹」の存在感が強くなります。

添削例 **朝露をめぐみとしたり白牡丹**

原句　**初産は故郷の香りを桜餅**　松田芙美子

作句意図　初産の嫁に、故郷から手作りの桜餅が届きました。

季語の「桜餅」がよく働いて、優しい句になっています。ただし、基本的に一句の主人公は作者なので、作者がお産をするようにも読めてしまいます。そこで、添削例では「嫁」という言葉を使いました。「故郷の香り」と言いたいところでしょうが、「桜餅」が十分効果を上げています。

添削例　**初産の嫁に故郷の桜餅**

原句　**春月や来島《くるしま》海峡渦太し**　松木末子

作句意図　月の美しい来島海峡は、特に春満月のころ、流れが早く渦も大きくなります。

おおぶりな作品で、「渦太し」の把握もいいと思いました。固有名詞を生かすのもひとつだと思いますが、原句では漢字が並ぶので、視覚的にはすっきりしません。そこで、思い切って固有名詞を外してはどうでしょう。「春の月」と季語も下に置いて、「渦」が見えるように詠みます。こうすると、音読した時も迫力が出ると思います。

添削例　**渦太き海峡となる春の月**

原句　**迷ふこと有りて芒《すすき》の傍らに**　斉藤千津子

作句意図　公園に薔薇を見に行きましたが、芒に心引かれ、あれこれの迷いを思いつついつまでも見入っていました。

素直に詠まれた句で、内容もよくわかります。そこで、さらに「迷ふ」を生かすために季語を「芒原」として空間を拡げ、「佇《たたず》む」作者を登場させました。実際の景と違うので違和感があるかもしれませんが、「あれこれの迷いを思いつつ」という、心の風景を生かせたと思います。

添削例　**迷ふことありて佇む芒原**

――季語を上に置く場合

白萩のつめたく夕日こぼしけり　上村占魚《うえむらせんぎょ》

萩咲くや馬籠《まごめ》に古りし石だたみ　相馬遷子《そうませんし》

どちらも季語が上に置かれていますが、「白萩の」は一句一章、「萩咲くや」は二句一章（取り合わせ）です。一句一章で季語を上に置く場合は、読者に季語が提示されているわけですから、上五に置いた季語そのものをしっかり捉えることが大切です。掲句の場合は、白萩を染める初秋の夕日の色が「つめたく」によって引き立っています。また、「や」と切字を使って切るときは、上五と以下の中七、下五の内容は別のものが詠まれるのが一般的です。例句の「萩咲くや」も「萩」＋「馬籠に古りし石だたみ」という組み合わせになっています。ただし、この句は「萩の花馬籠に古りし石だたみ」と詠むことも可能で、この場合は切字はありませんが、「萩の花」が名詞なので「切れ」があります。

原句　**あたたかや光の帯の葉裏まで**　　剱持マリ子

作句意図　早朝、神宮の杜を散歩していて出会った風景です。目の確かな句で、「光の帯」という表現も美しいと思いました。このままで十分ですが、作句意図に「早朝」とあるので、添削例では「春暁」を使ってみました。朝の大気が思われることで、より透明感が出ると思います。

添削例　**春暁や光の帯の葉裏まで**

原句　**金縷梅《まんさく》の川風強く頬を打つ**　　吉倉幸枝

作句意図　福井市の東で戦国時代の遺跡が発掘されました。五百年ほど経っているので何もなく、一乗谷川《いちじょうだに》の岸の金縷梅を見てきました。

発掘の地の一切を捨てて、「川風強く頬を打つ」の実感だけに絞って句が詠まれていることに潔さを感じました。この句はこれでできています。添削例は作句意図を生かした別案で、「金縷梅」との取り合わせによって「発掘の地」を詠んでみました。上五に「や」と切字を使って季語を強く押し出すとともに、内容に合わせて句の調べも強くしています。

添削例　**金縷梅や発掘の地は風粗く**

原句　**一葉浮かべて元朝の手水鉢《ちょうずばち》**　市川俊枝

作句意図　元日の朝は前日の雪が氷る寒さで、身の引き締まる気持ちでした。手水鉢に浮かぶ一枚の南天の葉が新年の清々しさを演出してくれました。

しっかり詠めている句で、「元朝」という季語のもつ格が出ています。これはできているので、添削例は別案です。季語を内容と切り離して、取り合わせの句にしました。「初茜」の色合いを添えることで、空間的広がりが出たのではないでしょうか。

添削例　**初茜一葉浮かべて手水鉢**

――季語を一句の内容に取り込む

こまぐと萩の空なる枝のさき　星野立子《ほしのたつこ》

この句の場合季語は「萩」ですが、「萩」の咲く頃の爽涼たる空を、「萩の空」という言葉で捉えています。たとえば、「新涼」は秋の季語ですが、この季語を一句の内容に取り込んで「新涼の水」とか、「新涼の山」などと使うことができます。

原句　**苗植うる手のやさしさよ秋の空**　宮田美千代

作句意図　畑で野菜苗を植えている男性が、大事そうに苗を扱っている様子を詠みました。「男」を入れたかったのですが、できませんでした。

心安らぐ句で、「秋の空」と景を拡げた点も良かったと思います。このままでもいいですが、「男」を入れたいとのことなので、「爽涼」という季語で生かしてみました。「植えゆく」とすると臨場感が出ます。

添削例　**爽涼と苗を植えゆく男かな**

原句　**首すじに艾草《もぐさ》おきたる暑さかな**　森田道子

作句意図　あまりの暑さに灸《きゅう》をすえると、艾草が首筋にくすぶって、汗がじっとりと吹き出してくるようでした。

古俳諧のような趣きのある句で、「土用灸」という季語があることを思わせます。ただし、「艾」は一字で「もぐさ」と読むことができます。このままでも面白いので、添削例は別案です。「酷暑」という季語を使って「艾」と組み合わせ、「酷暑の艾」と表現してみました。「酷暑」を「大暑」とする方法もあります。実感に合った季語を選ぶといいでしょう。

添削例　**首筋に据えて酷暑の艾かな**

原句　**荒起しより深々と春を待つ**　青野克巳

作句意図　例年になく田も凍りました。昔から冬は寒いほうが田の病害虫も死滅するので、豊作になるといわれます。トラクターの荒起しも深度を深くして田起しをしました。

実感のある句です。ただし、中七の「深々と」は〈深々と荒起しして春を待つ〉と上五に置くほうが句意がはっきりします。その上で、季語の問題ですが、「春を待つ」は冬、「田起し」は春の季語です。そこで、添削例では「田起し」を季語として、「田起しの土」と表現してみました。

添削例　**田起しの土深々と起こしたる**

原句　**高原を遠足の列風の色**　牧野正和

作句意図　高原牧場を目指す遠足の子どもたちを見ました。

爽やかな句です。「遠足」は季語ですが、歳時記によって、春にも秋にも分類されています。したがって、この場合は「風の色」が秋の季語として働きます。作句意図に「牧場」とあるので、これを生かしてはどうでしょう。具体性があることで子どもたちの様子が見えます。また、季重なりも解消され、結果として「風の色」という美しい季語が全体を包み込んで効果を上げます。

添削例　**子どもらの牧場へ行く風の色**

原句　**猪《しし》追ふとかの山からの賀状かな**　古藤欣也

作句意図　私も住んだことのある過疎の山の友達から、「猪《いのしし》を追っている」との賀状が届き、懐かしく、また羨ましくも思いました。

複雑な内容がうまく詠まれていて、上五の打ち出しも面白いと思いました。こういう内容は報告になりがちですが、「かの山」という作者への引き寄せが良かったのだと思います。この句は「賀状」を季語とする句として出来上がっているので、添削例では「猪」を季語としました。普通は詠まない「懐かしい」という心情をストレートに詠むことで「山河」という言葉を生かしています。ただし、この場合、「なつかしき」と平仮名にすることで漢字のもつイメージを弱めておきます。

添削例　**猪追ふと聞けば山河のなつかしき**

❸ よくある表現を避ける

俳句を作ってみようと思う人が陥りやすいのが、いかにも俳句という表現を使うことです。「いかにも俳句」なのだからいいようですが、多くの人が思いつく表現なので、かえって平凡、型通りになってしまうのです。ここに早く気がついて、卒業することです。次にあげるのは、よくある表現の一部です。

原句　**鏝《こて》の音響く静寂《しじま》や冬の月**　髙橋スミ子

作句意図　長年和裁の仕事をしています。夜遅くまで仕事をすると、シーンとした中に鏝の音だけが響きます。

「鏝の音」が効果的で、「冬の月」への展開もいいと思いました。良くできた句ですが、次のレベルへ行くためには、「静寂」を外す方法を考えねばなりません。「静寂」はよく使われる言葉で、句を平凡にしてしまうからです。添削例はその方法の一つです。

添削例　**鍋音の響くばかりや冬の月**

原句　**梟《ふくろう》や眠れぬ真夜の救世主**　小川みどり

作句意図　庭の大きな椎の木に梟が棲《す》みつき、夜になると鳴きます。眠れない夜に鳴いてくれるのは嬉しく、母の声とも聞こえます。

「梟」の棲んでいる庭なんて、うらやましい限りで、いい題材です。問題は下五で、「救世主」は答えが出てしまった感じです。「救世主」は実感でしょうが、表現としてはよく使われるので、こういう表現に頼らずに一句を詠みたいところです。そこで、作句意図に「母の声とも聞こえます」とあるので、わらべ唄風に詠んではどうかと思いました。原句の趣きとは異なりますが、「梟」が生きると思います。

添削例　**梟の眠れねむれと鳴きくれぬ**

原句　**えごの花白い絨毯《じゅうたん》そっと踏む**　斉藤葉子

作句意図　登山が趣味で、大きなエゴの木が花を鈴生りにつけていて、落花がふわふわの絨毯のようでした。

「そっと踏む」に優しさがあってまとまりのいい句です。惜しいのは「白い絨毯」で、花を「絨毯」に見立てる発想はよくあるので、句が平凡に見えてしまうのです。そこで「白さよ」と置いて、「そっと踏む」と呼応させてみました。

添削例　**散り敷けるえごの白さよそつと踏む**

原句　**凜《りん》と立つ常念岳《じょうねんだけ》や冬構《ふゆがまえ》**　三宅為佐江

作句意図　一年中常念岳には心惹かれるものがありますが、雪の姿には厳しさが漂っていて大好きです。身の引き締まる様な雪の姿を表現したいのですが……。

形の整った作品ですが、表現したいと思われた内容と、季語のもつ意味に違いがあったのではないでしょうか。「冬構」は冬を迎えるための防寒、防風、防雪などの用意をいいます。雪の姿なら「雪嶺」です。もう一つ、「凜と」という言葉はよく使われるので、避けたいところです。作句意図に「身の引き締まる様な」とあるので、「緊《し》まる」を使ってみました。

添削例　**雪嶺となり常念の緊まりけり**

原句　**鷺《さぎ》一羽優雅に降りぬ枯真菰《かれまこも》**　佐藤志づえ

作句意図　ゆったりと旋回して枯真菰の水際に降り立った鷺の姿は、枯色の中で王子のようだった。

「枯真菰」という季語によって、「鷺」がうまく引き立てられています。また、中七を「ぬ」と切ったのも正解。句の形が整っています。残念なのは中七の「優雅に」で、これはありがちな表現なのです。俳句はこういう抽象的な言葉を使わないで、具体的に描写することが大切です。ここをどう表現するかが腕の見せどころなので、今後の課題にしてください。

「王子のようだった」とのことですから、「すつくと」と表現してみました。

添削例　**鷺一羽すつくと降りぬ枯真菰**

原句　**鳥帰る大佐渡小佐渡美しき**　佐藤五生

作句意図　新潟市に移住して三十年余、毎年渡り鳥が帰るのを見るのですが、いつも佐渡の上空の晴れた空を帰ります。

実景を詠んだ句です。佐渡の上空を渡る鳥たちの姿が見えるような句で、自然の織りなす壮大なドラマを感じました。このままでもいいと思いますが、レベルアップを考えて推《すい》敲《こう》するなら「美しき」です。多くの人が美しいと感じるものを「美しい」と表現したのでは読ませどころにならないからです。情感に頼らず、あくまでも写生で詠むほうが、句として力強いと思います。そこで、「大佐渡小佐渡」を高く飛び去って行く鳥たちを表現してみました。

添削例　鳥帰る大佐渡小佐渡遠くして

❹ 関連した言葉や連想を避ける

折鶴をひらけばいちまいの朧《おぼろ》　澁谷《しぶや》　道《みち》

オルガンのペダルを踏んで枯野まで　対馬康子《つしまやすこ》

「音」に対して「聞こえる」や「響く」、「花」に対して「咲く」や「開く」「薫る」は関連した言葉で、意外性がありません。道の句が「折鶴をひらけばいちまいの紙」では俳句になり得ず、康子の句も「オルガンのペダルを踏んで秋の夜」では印象に残りません。これら二句は下五を日常から飛躍させることで詩の世界をひらいて見せたのです。ひとつの言葉から連想できる言葉の広がりを考えるようにすると、ひとつひとつの言葉が広がりを持つようになります。

原句　**早朝やかすかに響く雪の音**　上田あかね

作句意図 早朝に雪が降っていて、静かなので雪の音が聴こえてきそうな感じがして句にしました。「や」の使い方、「響く」と「音」の重なりなど良くないと思っています。

雪の朝の静寂を捉えて、句がしっかりしていると思いました。しかし、この句をさらにレベルアップするためには、作句意図にある疑問点を解決する必要があると思います。とくに「響く」と「音」の組み合わせは解消したいと思います。そこで言葉を組み替えて、「朝の雪」を描写してみました。

添削例 **かすかなる音を降らせて朝の雪**

原句 **闇深し牡丹《ぼたん》焚《た》く火のゆれやまず** 綿引知子

作句意図 牡丹を焚く火だけが明るくゆれて、回りも空も真っ暗な闇が広がっているだけでした。

「牡丹」を焚く火と、「闇」だけで詠まれている点がいいと思いました。しかし、「闇」は「濃い」「深い」などよく使われるので、これらの表現では平凡に見えます。そこで、「真闇」という言葉を使ってみました。

添削例 **牡丹焚く火のゆれやまぬ真闇かな**

原句　**玄関の三和土《たたき》の上の落し文**　池田秀昌

作句意図「の」を三回使いましたがこれでよいのでしょうか。

客観的に事実を捉えたことで、「こんな所に」という意外性が出ました。この句の場合は「の」の多用よりも、「玄関」と「三和土」という同じような言葉が重ねられているほうが疑問です。どちらか一つで十分。この場合は「玄関」より「三和土」のほうが印象が強いと思います。添削例では、「まるで拾ってくださいというように」という思いを加えてみました。

添削例　**拾へとて三和土の上の落し文**

原句　**冬の空繊刀《せんとう》の月天空に**　秀島和子

作句意図　寒々とした夜空に刃のような月を見つけ、感じ入って辞書を見ると、「繊刀の月」という言葉がありました。

「繊刀の月」という言葉を発見したことで成立した句です。ただし「冬の空」と「天空」は意味が重なっています。「月」があれば、「空」も「天」も表現する必要はないのです。こういう場合は、むしろ寒さを表現するほうが「繊刀」の鋭さが生きます。

添削例　**繊刀の月を仰げる寒夜かな**

❺ 思い出を詠む

かの夏や壕《ごう》で読みたる方丈記《ほうじょうき》　鍵和田《かぎわだ》柚子《ゆうこ》

夕菅《ゆうすげ》や叱《しか》られし日のなつかしく　伊藤《いとう》敬子《けいこ》

優曇華《うどんげ》やおもしろかりし母との世　西嶋《にしじま》あさ子《こ》

露けさの一樹が残る生家跡　ながさく清江《きよえ》

かつてラララ科学の子たり青写真　小川《おがわ》軽舟《けいしゅう》

これまで繰り返し述べてきたように、俳句は基本的に、眼前の景を切り取ったときに力を発揮する文芸です。「こと」より「もの」を詠むほうがイメージが鮮明なのです。「こと」を詠んでしまうと、句はどうしても説明になり報告になります。しかも、事柄を理解してもらうためには事情説明を加えざるを得ないので、言葉をたくさん詰め込むことになってしまいます。したがって、「眼前の景を一気に切り取る」ほうが、俳句という小さな文芸形式には向いているのです。

しかし、過去の記憶を詠んではいけないのかというと、そうではありません。ここにあげた句の作者はすべて現在活躍中の俳人ですが、過去を詠んでいます。年を重ねることで、過去の思い出が、かけがえのないものとして浮かび上がってくることもあります。それらを、今、俳句として留めておきたいという切なる思いにたくさん出合ってきました。そこで、どうすれば過去が詠めるのかを考えてみました。答えは、過去の記憶が「もの」とともに、あるいは「もの」を契機として詠まれているということです。また、それが過去のことだとわかるような表現も用いられています。

思い出の詠み方は二つ。昔を今の景として詠むか、昔のことだとわかるよう詠むかのどちらかです。次の作品はそれぞれ「思ひ出」「過ぎし日」と、上五に回想句であることを示す言葉が入っています。

原句　**思ひ出の駅のカンナの過ぎゆけり**　谷口咲恵

作句意図　学生時代を過ごした沿線の電車に乗り、懐かしい駅に当時のままカンナが咲いているのを見たときの思いを詠みました。

「カンナ」という季語がよく働いて、作品に青春の光と影が感じられます。また「過ぎゆけり」にも、名残を惜しむ気持ちとともに、決して戻らない時への思いが感じられます。よく詠めているのでこのままでも十分ですが、学生時代とのことなので、「若き日の」としてみました。「カンナ」は背が高く、色彩も華やかなので「若き日」と響き合うと思います。

添削例 **若き日のカンナ咲く駅過ぎゆけり**

原句 **過ぎし日の桜貝出づ小引出し** 松本桂子

作句意図 若き日、須磨《すま》の海岸で拾った桜貝を、遠い日の思い出として大切にしています。

このままでもいいと思いますが、作句意図に「須磨」とあるので、これを詠み込んでもいいと思います。また、下五に置くほうが「桜貝」が印象的です。

添削例 **過ぎし日の須磨に拾ひし桜貝**

次にあげる添削例は過去の助動詞「し」を使うことで、過去への懐かしい思いを詠んだ句です。冒頭にあげた次の二句にも「し」が使われています。〈夕菅や叱られし日のなつかしく〉〈優曇華やおもしろかりし母との世〉。

原句　**豆拾う子等も嫁ぎぬ追儺《ついな》の夜**　岡田好男

作句意図 子どもらも結婚をして久しいですが、節分になると、大きな声で豆をまき、子どもらが喜んで拾ったことを思い出します。

意味のよくわかる句ですが、正しくは上五は「豆拾ひし子等」と過去にしなければなりません。そこで、「嫁ぎぬ」を外し、「子ら居りしころ」と思い出の句であることがわかるようにします。こうすると、過ぎ去った時をしみじみ懐かしむ思いが出ます。季語が「追儺の夜」と格調高く使われているので、句に品格があります。

添削例　**豆拾ふ子ら居りしころ追儺の夜**

原句　**コスモスをこころのなかの友と見る**　青木朋子

作句意図 コスモスを見るたびに、亡くなった友人と最後に見たコスモスを思い出します。「こころのなか」という抽象的な表現でいいでしょうか。

よくわかる句で、亡くなられた友人のためにもぜひ詠んでおきたい句ですが、この場合「コスモスを〜と見る」という表現はやや説明的で平板です。そこで、疑問点も含めて、次のようにしてはどうでしょう。眼前の景に「友在りし日」を重ねて、懐かしく哀切な思いを「揺れ」という言葉に託すのです。心情を直接詠まないで、風景に託すことで句に深みが出ます。

添削例　**友在りし日のコスモスの揺れてをり**

原句　**忘れな草名前にひかれまいた花**　金井美智子

作句意図　三十年ほど前、庭に忘れな草の種を蒔《ま》きました。それが時を経て、庭のあちこちに水色の小さな花を咲かせているので、その頃を思い出して詠んでみました。

「忘れな草」は何といってもその「名前」が心に響きます。そこで、「名前にひかれ」の部分を「ゆかし」という表現に置き換えてみました。「心ひかれて」というような意味になります。蒔いた日が遠い過去であることも「忘れな草」にふさわしいので、下五を「蒔きし日よ」とやさしく言い止めてみました。

添削例　**ゆかしくて忘れな草を蒔きし日よ**

❻ 感慨を詠む

文化の日明治生れを誇りとす　松尾《まつお》いはほ

みかん黄にふと人生はあたたかし　高田風人子《たかだふうじんし》

人の世をやさしと思ふ花菜漬　後藤比奈夫《ごとうひなお》

残り生《よ》は忘らるるため龍の玉　山上樹実雄《やまがみきみお》

俳句は観念より具体的な「もの」を詠むほうが表現形式が生きるということについては、繰り返し述べてきました。しかし、眼前の景を切り取るように、今、心の中にある思いを表現したいこともあると思います。それは、作者にとっては大切なことなので、人生的感慨も上手に詠めるようにしたいものです。

冒頭にあげた句はみな人生への感慨を述べて成功した作品で、それぞれの作者の代表句の一句になっています。これらの句を見ると、いはほの句以外は「みかん」「花菜漬」「龍の玉」と、「もの」との取り合わせによって詠まれていることがわかります。また「もの」が季語であることも効果を強めています。いはほの句だけは「もの」が存在しませんが、これは「文化の日（明治節）」を季語としての感慨なので、季語の効果が大きく「明治生れ」が堂々と一句を成しています。

このように、感慨句も思い出同様、「もの」を契機に、あるいは季語を見える「もの」にすることで句が明瞭になります。

原句　**人生は恥の連続羽抜鶏《はぬけどり》**　堺　英輔

作句意図 日常は恥をかいてばかりであるように思います。その姿を羽抜鶏の姿と捉えました。

多くの人が共感される内容ですが、このままではキャッチフレーズのようなので、表現に少し工夫が必要です。そこで、「〜か」と疑問形を使ってしみじみとした思いを出してみました。

添削例　**人生は恥かくことか羽抜鶏**

原句　**いかなごを生きる証しと炊きにけり**　渡瀬靜子

作句意図 兵庫県加古川に住んでいます。以前は二十キロから三十キロものいかなごを炊いて、方々に送っていました。今年、五年ぶりに一キロ炊きました。

句に作者の実感がよく出ています。そこで、「いかなご」を炊くことを「生きている証し」のひとつと表現すると、句に広がりが出ます。普通は「も」を使うと焦点がぼやけるのですが、この句の場合は心情に深みが出ると思います。

添削例　**生きてゐる証しいかなご炊くことも**

原句　**春光や生きる力を授かりし**　錦織美喜

作句意図　今年（二〇二一年現在）、十一月に百歳になります。長く困難な時代を生きて、今春の光を受けて生きてゆく元気をもらいました。

「生きる力を授かりし」の感慨が素晴らしいと思いました。これこそ、自分のために詠んでおく句で、感慨句も大切だと思います。そこで、添削例は別案で、「春の光」に賜る命を詠んでみました。

添削例　**百歳を賜はる春の光かな**

上達のポイント

感慨句は「もの」と組み合わせて詠む

「感慨」を詠んで成功させる秘訣《ひけつ》は、一句の中に見えるものを詠むことです。感慨は心の中の思いなので見えません。そこに時候などの見えない季語を置くと、捉えどころのない句になってしまうのです。心情や感慨を詠むときは、抽象的な句にならないように、具象性をもたせましょう。

❼家族を詠む

鶴ばかり折って子とゐる秋時雨《あきしぐれ》　文挾《ふばさみ》夫佐恵《ふさえ》

寒夕焼《かんゆやけ》妻と見る日を賜りし　綾部《あやべ》仁喜《じんき》

みどり児を差し上げてゐる桜かな　本宮《もとみや》哲郎《てつろう》

絵を描いてしづかな子供冬鷗《ふゆかもめ》　山西《やまにし》雅子《まさこ》

白梅や父に未完の日暮あり　櫂《かい》未知子《みちこ》

俳句を詠む醍醐味《だいごみ》の一つに家族詠があります。三年間「添削教室」を担当していて、多くの家族詠に出合いましたが、句の上手下手に関係なく、それらは貴重な一句一句だったと思います。家族を詠んだとき、一句の背景にドラマが感じられるからです。どのような人にも、生きてきた道筋があり、語るべきドラマがあります。それが家族詠では実に素直に出ます。とりわけ、「老病死」に関する家族詠には作者の人生観が出ます。

冒頭に上げた文挾夫佐恵の句は戦争中、夫が出征している時に詠まれました。作品からはそのような状況はわかりませんが、子どもが鶴を折っているだけではなく、作者もまた一緒に「鶴ばかり」折っていることから、所在なく過ごす寂しい時間が季語の「秋時雨」とともに伝わってきます。作者は今年九十九歳。昨年上梓した句集『白駒《はくく》』で、俳壇の最高賞「蛇笏《だこつ》賞」を受賞されました。綾部仁喜は私の師で、声を失ったまま十年に及ぶ病床生活を送っています。この句が詠まれた時は、「妻」もまた別の病院で療養中でした。お正月だったのでしょう。ともに一時帰宅することで得たかけがえのない「寒夕焼」を見る時間だったのです。そのかけがえのなさが「賜りし」という言葉によく出ています。桜の中に抱き上げる「みどり児」、冬の海辺に絵を描く「子供」、そして、「白梅」とともに思う「未完」のままに終わった「父」の人生。過去と現在を貫いて、家族詠という切り口は誰にでも扉を開いています。

ただし、家族を詠むときは、あくまでも自分の位置から見た家族を詠むようにしましょう。たとえば、母になりすまして父を詠んだり、夫になりすまして子どもを詠んだりすると、よくわからない句になってしまいます。また、一句に複雑な人間関係を詠むことも難しいので、最初は誰か一人に焦点を絞ります。両親の場合は「父母（ふぼ・ちちはは）」という表現でまとめるなど、工夫しましょう。

原句

ひとり坐《ざ》す老いたる父の野分かな　茶谷一花

作句意図　母に突然先立たれた父が、じっと座って寂しさに耐えていました。去来する胸の内を野分と表現するのは大げさでしょうか。

作句意図を読んで、作者の思いがよくわかりました。ただし、俳句だけだと「野分」は現実の「野分」としか読めないと思います。そこで、やや説明的ですが「胸中の野分」としてみました。季語としての働きは弱いと思いますが、まずは主題を尊重しての添削です。

添削例

胸中の野分思へり老いし父

原句

父母と見る晴れ間に輝く花菖蒲《はなしょうぶ》　延原美由紀

作句意図　八十歳の父と、七十七歳の母と三人で、花菖蒲を見に行きました。梅雨の晴れ間で気持ちよく、日常喧嘩ばかりしている両親にも休息となりました。

高齢のご両親と見る「花菖蒲」ですから、「父母と見る」としたい気持ちはよくわかりますが、俳句の表面から作者を消してはどうでしょう。また、「晴れ」るとあれば「輝く」は不要です。以上二点を整理したのが添削句。「晴れたる」に「父母」への思いが感じられます。

添削例　**父母に空の晴れたる花菖蒲**

原句　**栗ごはんその出来映えや妻の笑み**　橋本武志

作句意図　ある日の午後、向き合って栗の皮を剝《む》きました。うまく出来上ったのか妻が微笑んでいるので、その笑みを詠みたいと思いました。

「笑顔」を表現したいということなので、その方法を考えてみました。基本的に「栗ごはん」「妻」とあれば、「笑顔」を言う必要はないからです。でも、妻の笑顔を詠みたいという気持ちは大切なので、添削例では笑顔が引き立つようにしてみました。

添削例　**笑む妻をもつとも褒めて栗御飯**

原句　**鮫捌《さめさば》き夕餉《ゆうげ》の顔のにぎやかに**　和田　孝

作句意図　鮫は一般的には馴染みがないようですが、私どもの地方では刺身、味噌《みそ》焼きなどにして食べます。鮫を頂いたので、捌いて食卓を飾りました。

「鮫捌き」の迫力が抜群の句で、この題材だけで十分です。したがって、食卓の賑《にぎ》わいや笑顔を表現する必要はありません。書いてしまうとかえって句が平凡に見えるのです。「捌きたる鮫」とすれば、捌いている様子も、それが食膳にのぼる様子も、すべて見えます。

添削例　捌きたる鮫を囲める夕餉かな

原句　木の実手に婆子笑顔や今日の花　恒川澄子

作句意図　孫たちも大人になって、久しぶりに家族揃《そろ》って墓参りに出掛けました。そのとき、木の実で会話が弾み、楽しい一日でした。

作者の喜びがあふれているような句ですが、俳句としては言葉が多すぎるように思います。第一にこの句は「木の実」が季語として働いているので、「今日の花」は外したほうがいいでしょう。第二に、「笑顔」は言わなくてもわかるので、これも外します。代わりに「婆子」を「家族」とし、「墓前」を入れました。

添削例　木の実降る墓前に家族集まれば

原句　小春日に衣裳《いしょう》を選ぶ母娘　安部正和

作句意図　娘の嫁ぐ日が決まり、秋の一日、ウェディングドレス、打ち掛けを妻と娘が選んでいました。

父親の目から見た「母娘」が、「小春日」という季語によって穏やかに捉えられています。気になる点は上五の「に」で、こう詠むと時の説明になります。そこで、「や」と切ります。

また「衣裳」も結婚衣裳であることがわかるように詠みます。添削例では「選ぶ」という動詞を外して、「嫁ぐ日の衣裳」としました。

添削例 **小春日や母娘に嫁ぐ日の衣裳**

原句 **この鉱山《やま》に父の半生冬ざくら** 大内珠美

作句意図 三井鉱山で働いていた父の苦労を詠んでみました。現在は閉山し、大牟田《おおむた》は淋しい町になりました。

父上への思いを抑制し、「冬ざくら」を季語に置いた点など、立派な句だと思いました。これで十分なので添削例は別案です。作句意図に「父の苦労を詠んでみました」とあるので、やや心情を出してみました。

添削例 **炭坑に生きたる父よ冬ざくら**

原句 **春障子母の忌鎮む世界かな** 福岡　悟

作句意図 春が来れば母の忌です。同性の父より、男子にとっての母の存在は偉大です。必ずこの季節に詠みますが難しいです。

「春障子」の作り出す特別な空間、そこに身を置いて過ごす「母の忌」。お気持ちのよくわかる句です。しかし、この句の中では「世界」という言葉が落ち着かないようにも思います。そこで、添削例では空間ではなく、「母の忌」を過ごす一日という時間を捉えてみました。俳句は基本的には「今」を詠む文芸ですが、この句は「母の忌日」がテーマになっているので、「ひと日」という言葉を使ってみました。

添削例 **母の忌のひと日を鎮め春障子**

原句 **生一本さくらうかべる供養かな** 岡﨑日出子

作句意図 亡き父はことのほか酒を愛し、桜を愛でた人でした。一滴も飲めない不肖の娘ですが、桜の季節には上等のお酒の香りに酔っています。

この句は、「生一本」と豪快に置いた点に作者の心意気が出ています。すっきり詠めていますが、「父」という言葉を詠み込むことも可能です。そこで、同じ題材、同じ内容に「父」を加えた場合をあげておきます。

添削例 **生一本父に供養の花浮かべ**

原句 **兄病むと聞きし便りは梅雨最中** 松井ゆう子

作句意図 遠方に住む兄嫁から、兄の心臓手術を報告され、梅雨空と同じ重い気持ちになりました。

作者の心情が、「梅雨最中」という季語によってよく伝わります。ただし「聞きし便り」の部分には工夫が必要です。そこで、手紙で知ったという状況より、作句意図にある「遠方に住む」という部分を生かしてみました。「遠く病む」という表現が可能です。

添削例 **遠く病む兄を思へり梅雨最中**

原句 **女学校通ひし母や野水仙**　小泉浪士

作句意図 大正時代女学校に通っていた亡き母の写真は、袴姿《はかますがた》の清楚《せいそ》なもので、時々取り出して眺めています。

「女学校」時代の「母」に対して、「野水仙」の季語を配したのがいいと思いました。ただし、上五から中七へのつながりがスムーズでない点が残念です。そこで、添削例では若き日の「母」への思いが出るように、情感のある句にして調べを整えました。

添削例 **女学生たりし日の母野水仙**

9 俳句は挨拶の文芸

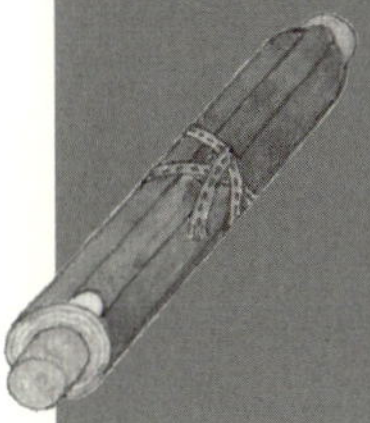

❶ 自然と人に出合う

荒波へ蕾《つぼ》み初めたり野水仙　大坪景章《おおつぼけいしょう》

行きずりの焚火《たきび》に呼ばれあたたかし　藤本安騎生《ふじもとあきお》

編笠の中はくらやみ風の盆　森野《もりの》 稔《みのる》

鹿たちの古き世の貌《かお》水澄める

山尾玉藻《やまおたまも》

俳句はまず身近な季語と出合って、それを詠むところからスタートするのが普通ですが、やがて旅先などで出合った人や風物、行事、自然などを詠みたくなるものです。それは、時として写真を撮るよりも心に残ります。ここにあげた四句はどれも日常を離れて詠まれた句で、出合った人や生きもの、自然への挨拶の思いが込められています。

景章の句は潮風に咲く「野水仙」の「蕾」を捉えて、「荒波」という言葉に厳しい環境に咲く花への思いを込めています。安騎生の句は「行きずり」の人との「焚火」を囲んでの一時が、「あたたかし」という言葉にやさしく捉えられています。稔の句は越中八尾の「おわら風の盆」を詠んで、風土とそこに伝承された盆踊りを「編笠の中」の「くらやみ」として捉えています。また、玉藻の句は「鹿」を「古き世の貌」と表現することで、日本の和歌の伝統の中に詠み継がれてきた「鹿」を彷彿《ほうふつ》とさせています。「鹿」「水澄める」はともに秋の季語。季重なりですが、澄んだ水が美しい鹿の姿を映し出すような効果を上げています。

俳句は挨拶の文芸。それは、人や自然に呼びかけることです。それを可能にしているのが「季語」です。季語と出合って、季語そのものに、あるいは季語を通して、人や自然に俳句というかたちで挨拶したいものです。

原句　**草笛の旅人くぐる戸無門**　二宮辰子

作句意図　しんどいねと言いながら登城坂を登っている時、透き通る草笛の音色に思わず足を止めて聞きました。年配の紳士でした。

「草笛の旅人」によって旅情のある作品になったと思います。でも、下五の「戸無門」はどうでしょう。知らない人にはイメージしにくいように思います。それより、作句意図にある、「登城坂」のほうが一般的で景がよくわかります。原句は客観的な描写でいいのですが、この句の場合は作者が登場することで「草笛」の懐かしさが生きるように思います。

添削例　**草笛の旅人と会ふ登城坂**

原句　**降る雪に雁行《がんこう》の列修行僧**　辻　正弘

作句意図　雪の京都の町を、五人の修行僧が網代笠《あじろがさ》に草鞋《わらじ》履きの姿で寒行されていました。禅僧の修行の厳しさを見た思いです。

動詞を使わずに詠んだ句で、「雁行の列」という表現もうまいと思いました。下五の「修行僧」は「雲水」と表現していいと思います。京都の町では早朝、寒行に出る雲水の姿をよく見ます。そこで、添削は「雪の朝」とし、より厳粛な趣きを出しました。

添削例 **雲水の雁行の列雪の朝**

原句 **月冴《さ》ゆるからくれなゐの大鳥居** 松本桂子

作句意図 大気の澄む夜に見た京都平安神宮の大鳥居は、鮮烈な印象でした。

「月」と「大鳥居」だけで構成した点がいいと思いました。ただし、景が単純なので、季語の扱いを工夫するのも一つです。「冴ゆ」を「くれなゐ」の形容に使って、月光の中に、赤く冴え冴えと立つ大鳥居を表現してはどうでしょう。

添削例 **月光に冴ゆるくれなゐ大鳥居**

原句 **寒晴れの天をつらぬく箒杉《ほうきすぎ》** 遠藤良三

作句意図 箒杉は樹齢二千年といわれる巨木。寒晴れの空に溶けず、丹沢山中の独立樹として、独り聳《そび》える神々しさに感動して詠みました。

「箒杉」の名前によってイメージの広がる句です。ただし、巨木を詠むとどうしても「天をつらぬく」という表現になるので、この点が今後の課題です。添削例では中七の助詞「を」を外し、完了の助動詞「り」を入れました。音読したときの響きが鋭くなることで、句に勢いが出ます。

添削例　**寒晴れの天つらぬけり箒杉**

原句　**蒼天下《そうてんか》風走り行く枯野かな**　伊藤昭子

作句意図　真っ青な空の下、枯野を風が吹き抜けていく様子に感動して詠みました。

大きな景がすっきりとまとまっています。かな止めの句なので、上五に切字が使えなかったのだと思いますが、「蒼天や」と切るほうが広がりが出ます。その結果、「かな」を外して、下五を「枯野原」とします。また、作句意図を生かして中七を「抜け行く」としました。

添削例　**蒼天や風の抜け行く枯野原**

原句　**奥飛驒《おくひだ》の山家の炉火のひとり燃ゆ**　平田泰次

作句意図　飛驒路への旅の折、とある民家で囲炉裏の中が赤々と燃えていました。誰も居ない炉端に、ある種の淋しさを感じました。

よく詠めていると思います。このままでもいいと思いますが、上五で切ってはどうでしょう。原句は「の」の連続によって、大景から小景へと絞り込んでいて、これも一つですが、全体が長く感じられます。そこで、「奥飛驒や」と切字を使うと、句柄も大きくなります。

なお、上五に「や」が来るので、下五の「燃ゆ」は連用形にして、切れが二つにならないようにしました。

添削例　奥飛驒や山家の炉火のひとり燃え

❷ 固有名詞を生かす

鮎食うて月もさすがの奥三河　森《もり》 澄雄《すみお》

あをによし奈良に一夜の菖蒲酒《しょうぶざけ》　深見《ふかみ》けん二《じ》

砂を噛《か》む千鳥もあらむ九十九里　村上《むらかみ》喜代子《きよこ》

一碧の空の芯より那智の瀧《たき》　鳥井《とりい》保和《やすかず》

深吉野《みよしの》や月光に鯉ひるがへり　上田《うえだ》日差子《ひざし》

旅先で俳句を詠むことを「旅吟《りょぎん》」と言いますが、「旅吟」を生かしてくれるのが地名などの固有名詞です。ここにあげた句はそれぞれ固有名詞を詠み込んで、句に奥行きをもたらしています。澄雄の句は「三河」ではなく「奥三河」とすることで、「鮎」を味わいつつ眺める「月」の風情を一回限りのものとして賞賛しているのです。けん二の句は「あをによし」の枕詞が「菖蒲酒」と響き合って、端午の節句のころの奈良を格調高く詠んでいます。喜代子の「九十九里」は、高村光太郎《たかむらこうたろう》の『智恵子抄《ちえこしょう》』を思わせる句。保和の「那智の瀧」は天空と繋がっているような迫力であり、日差子の「深吉野」は、地名の効果で「月光」に神秘的な輝きが感じられます。

固有名詞は季語と同様に一句の中で大きく働きますから、たくさんのことを言わないで、すっきりまとめましょう。

原句　**西陣の織屋に古りし秋簾《あきすだれ》**　松本桂子

作句意図 京都の街並みを歩いていた時、ふと目にした風景です。

地名の「西陣」と「秋簾」が響き合って、いい味わいを出していると思いました。このままでもいいと思うので、添削例は別案です。「古りし」を外して格子にしてみました。「糸屋格子」という名前があるので、これを使ってはどうかと思います。西陣あたりの格子の家並みが見えると思います。

添削例　**西陣の糸屋格子の秋簾**

原句　**霧の海ふわりと浮きし大江山《おおえやま》**　西津　清

作句意図　鬼伝説で有名な丹波《たんば》の大江山を詠みました。この地方は霧が深く、雲海のような雲の上に山が浮かんでいる姿は幻想的です。

「大江山」という固有名詞を使っての一句で、「霧の海」も効果的です。ただし「浮く」に対して「ふわり」という形容はやや平凡なので、ここを考えます。そこで、幻想的な趣きを出すために「夕霧」を使ってみました。「夕霧」から浮かび上がる「大江山」が見えるのではないでしょうか。

添削例　**夕霧の海より出でぬ大江山**

原句　**凧《たこ》二つ右へ左へ朱雀門《すざくもん》**　平松紀彦

作句意図　奈良の平城京跡へ行きました。四方に山が見えるかつての平城宮は広大な枯野となり、子供が凧上げをしていて、冬の奈良盆地らしい風景でした。

「朱雀門」と「凧」だけで句が構成されている点がいいと思いました。朱塗りの門を中心に、凧の上がっている風景が見えます。そこで、「朱雀門」を生かすために、「右左」を「東西」

としてみました。

添削例　**東西に凧の上がれる朱雀門**

原句　**浮御堂《うきみどう》古きみ仏わが秋思《しゅうし》**　伊藤昭子

作句意図　私の故郷は琵琶《びわ》湖畔の堅田《かたた》町です。亡き母の面影を探しながら、七十年ぶりに「浮御堂」を訪ねました。

「秋思」に籠められた思いがわかります。「浮御堂」に故郷を偲ぶ思いが重ねられている点がいいのです。「浮御堂」を知っている人には湖がイメージできるので、「秋思」に詩情が出るのです。ただし、「浮御堂」は字画が多く、印象が重いので下五に置くほうが効果的です。添削例では「みほとけ」と作者が、ともに「秋思」している句にしてみました。

添削例　**みほとけも吾れも秋思の浮御堂**

原句　**秋澄むや白き土蔵の信濃《しなの》かな**　横井一夫

作句意図　十年ぶりで長野県に仕事で行き、車窓から古めかしい土蔵を眺め、信濃の秋を実感しました。

題材の扱いがいいと思いました。問題は上五に「や」、下五に「かな」と二か所に切字が使われていることです。この場合、上五を「秋澄みて」とすれば問題は解消しますが、さらにひと工夫して、「信濃路」を上五に置いて強調してみました。

添削例　**信濃路は白き土蔵に秋澄めり**

原句　**香港の街路明るし紫荊《はなずおう》**　齊藤洋子

作句意図　中国を旅していて、香港に入ると街路の紅紫色の花が印象に残りました。花は洋紫《ヨージー》荊《ケイ》とのことです。

「香港」と「紫荊」の字のうつりがとても良く、日本とは違う街並みが思われます。句もこのままでいいと思うので添削例は別案。さらに「香港」と「紫荊」という名詞を生かしました。

添削例　**明るくて香港島の紫荊**

❸ 慶弔・贈答句を詠む

汝《な》が支へゐし空春になるものを　細見《ほそみ》綾子《あやこ》

この句には前書が付いていて、「わが庭百年の山茶花《さざんか》枯れて伐《き》る」と書かれています。

この前書とともに読むと、「汝」が「山茶花」であることがわかります。しかも「山茶花」は百年という歳月を、綾子邸の庭に咲き続けてきたのです。「山茶花」は冬の季語です。最後の冬を終えて伐られる「山茶花」に、百年の間、あなたが支えていてくれた「空」は「春」を迎えるというのに、と語りかけているのです。

俳句が挨拶の文芸であることは繰り返して述べてきましたが、その究極の形が慶弔贈答句です。綾子は伐られゆく山茶花に、心を込めて挨拶を贈っています。

おい癌《がん》め酌みかはさうぜ秋の酒　江國《えくに》　滋《しげる》

辞世また酒の句にして秋の風　鷹羽《たかは》狩行《しゅぎょう》

作家の江國滋には『慶弔俳句目録』と題する句集があり、そこには世界中の著名人への慶弔句がエッセイとともに収められています。ところが、その滋が平成九年二月に癌の告知を受けてしまうのです。以後、滋は俳句によって闘病生活を記録するのですが、そんな滋を狩行は国立がんセンターに見舞って〈滴りとして点滴も詠むといふ〉と激励していました。しかし、滋はその年の八月十日に亡くなってしまうのです。ここにあげた滋の句には「敗北宣言」と前書が付されています。実は立秋の翌日、八月八日に詠まれた辞世の句なのです。そこで、狩行は滋の句を受けて、このように詠んだのです。この句は滋の通夜に詠まれました。滋は生涯「酒」を愛した人だったので、追悼句にも「酒」の字を詠み込み、深い哀悼の意を表したのです。こういう交流を見ると、贈答句が人と人との絆を爽やかに、しかも深く揺るぎないものにすることがよくわかります。

慶弔贈答句は、上手に詠もうとするより心を込めて詠むことが大切です。俳句ならではの慶弔句を見てみましょう。

――追悼句

芥川《あくたがわ》龍《りゅう》之介《のすけ》氏の長逝を深悼す

たましひのたとへば秋のほたるかな

飯田《いいだ》蛇笏《だこつ》

京都祇園建仁寺にて、吉井《よしい》勇《いさむ》告別式

案のごとくしぐるゝ京となりにけり

久保田《くぼた》万太郎《まんたろう》

吉田《よしだ》汀白《ていはく》氏の訃を聞く

法師蟬何たることを告げて鳴く　山口誓子《やまぐちせいし》

悼　山本健吉《やまもとけんきち》先生

雪月花わけても花のえにしこそ　飯田龍太《いいだりゅうた》

ここにあげた句はすべて追悼句であり、それぞれに前書が付いています。蛇笏は自ら死を選んだ芥川龍之介に対して、「長逝を深悼す」とその死を深く悼み、万太郎は吉井勇に〈かにかくに祇園はこひし寝るときも枕の下を水のながるる〉の名歌があることをふまえて、追悼句ながら華やいだ趣きを醸《かも》しています。時雨も京都の初冬の風物詩です。誓子は前書を「訃を聞く」とすることで、「告げて鳴く」を生かし、龍太は「先生」という言葉を入れることで、句にある「えにし」に対する感謝の思いを表現しています。この句は『雪月花』のそれぞれの季節に、先生とそれを眺める機会を得ましたが、とりわけ、先生と眺めた桜が忘れられません」というような意味なのです。「雪月花」は評論家、山本健吉の生涯のテーマでもありました。

原句　冬日和田畑耕す浄土かな　齋藤洋子

作句意図 農業で生計を立てていた隣人が、ご主人の後を追うように亡くなられました。二人仲良く田畑を作っていらっしゃることでしょう。

亡くなられたお二人へのいい追悼句だと思います。原句を生かして〈冬日和浄土耕す二人かな〉とする方法もありますが、前書に「悼」と置くことで「浄土」の二人を偲ぶほうが、句としては深くなるように思います。

添削例

悼

鍬《くわ》使ふ二人と思ふ冬日和

原句

寒紅をひきて再び脣《くち》開かず 山内陽子

作句意図 老人会の友人が亡くなられ、通夜に行きました。九十二歳でしたが、紅をひいて化粧され、とてもきれいなお顔でした。

「再び脣開かず」に決然とした趣きがあることで、亡くなられた方が彷彿とします。このままでいい追悼句になっていると思いますが、「脣を閉ざ」すことを亡くなられた方自身の意志として表現してみました。

添削例 **寒紅を引き脣を閉ざされし**

――贈答・祝句

金星や賜ひし炭を火にしつゝ　中村草田男《なかむらくさたお》

芥子《けし》詠んで黄河を越えき芥子を見ず　加藤楸邨《かとうしゅうそん》

五十年野暮を涼しと過し来し　後藤比奈夫《ごとうひなお》

あきくさのゆめうつくしく生ひたてと　久保田万太郎《くぼたまんたろう》

草田男、楸邨の句は贈答品に対する返礼で、草田男は炭をもらいました。しかも、その炭はくれた人が自らの林を伐って焼いたものだったのです。一方、楸邨は病床に在って、「オックスフォード世界地図」を贈られました。その地図を眺めつつの一句で、地図から「芥子」「黄河」へと空想を広げています。比奈夫の句は主宰する俳句雑誌「諷詠」が六百号を迎えたときの自祝の句で、「野暮を涼し」という表現に洒脱《しゃだつ》な味わいとともに、俳句への矜持《きょうじ》が感じられます。万太郎の句は女の赤ちゃん誕生のお祝い句です。平仮名を使って句全体がやさしく、「生ひたて」に成長への祈りと祝福が込められています。

贈答、祝句は折に触れて詠むものです。何か頂いた時の返礼から、結婚や出産、誕生日のお祝い、あるいは還暦や喜寿、金婚、銀婚など節目節目に一句詠んで贈ることで、祝意を表すことができます。メールに添えて、絵手紙に添えてなど、さまざまな贈り方が考えられます。季節の言葉に思いを添えて届けることをお勧めします。

原句　**英王家寿《ことほ》ぎバラの花香る**　橋本隆康

作句意図　福山のバラ祭を見物。入口まで花の香りで一杯でした。英国では王家の王子の結婚があり、日本も震災の中、祝福したことを詠みました。

薔薇《ばら》の香りからの発想で、この度のイギリス王家の婚礼を祝福した挨拶句です。しかし、「英王家」という省略語はどうでしょう。「王室の婚」とすれば言葉に無理がなく、寿ぐ内容もよくわかります。

添削例　**薔薇の香に王室の婚寿ぎぬ**

❹ 俳句は読み手を得て完成する文芸

繰り返し述べてきたように、俳句は短いので多くのことが言えません。そのために、自分が表現したいと思ったことが相手に伝わるかどうかは、誰かに見てもらわなければわからないのです。誰かが読んで、「わかります」とか、「共感します」などと言ってくれて初めて俳句は完成するのです。ですから、出来上がった句は勇気を出して、人前に出しましょう。そのための方法としては、①添削を受けてみる。②新聞や雑誌などに投句してみる。③句会に出てみる。というのが一般的な方法です。①の添削を受けてみる方法は、いろいろな通信添削がありますから、自分に合った方法を探してください。NHK学園でも通信添削が受けられます。②は各種の投句欄に作品を出す方法で、いわば腕試し。「NHK俳句」のテキストにも投句欄がありますから挑戦してみるといいと思います。③はもっともオーソドックスな方法です。公民館などで俳句教室などを開いていたら、思い切って参加されるのがいいと思います。いろいろアドバイスを受けることができます。また、句会に参加するということは、他の人の作品をたくさん見ることになるという意味でも上達の近道です。

俳句は「座の文芸」と言われています。句会の場に作品を持ち寄って、切磋琢磨《せっさたくま》することでそれぞれが開花することを目指すのです。句会に参加すると、多くの人に選ばれる句と、あまり選ばれない句が出てきたりして優劣がついてしまいます。しかし、多くの人に選ばれる句がいい句とは限らないのです。反対に、あまり選ばれないい句にいい句があることもあります。句会では、先生だけが選んだ一句というのがよくあるのです。句会は競争の場ではなく、切磋琢磨の場です。このことを忘れなければ、どんな句会に出ても大丈夫です。「座」から大いに学びたいものです。

──俳句を贈る

何度も繰り返すようですが俳句は挨拶の文芸。これを「存問《そんもん》」と言います。要するに安否を問うことで、「寒いですね」「お元気でお過ごしですか」などと、問いかけることです。したがって「存問」の究極は慶弔贈答句。すでに述べたように、心を籠めた句を贈りましょう。

「存問」の句としては、年賀状に一句添えるという楽しみ方もあります。新年はたくさんの季語がありますから、『歳時記』を活用しておめでたい句をお詠みください。新年の句はめでたく詠むのが基本なのです。難しい句を詠む必要はありません。むしろあっさり詠むことで季語が引き立ちます。

また、俳句を学んでいらっしゃる方の中には、俳画や絵手紙、写真を趣味とされている方も多いと思います。絵や写真に一句添えるのも一興。その場合は絵や写真とのコラボレーションを工夫されるといいでしょう。さらに、書を嗜《たしな》まれる方ならご自分の俳句を書にされるのもいいでしょう。

俳句は懐の深い文芸です。季語があることで、深く大きく豊かな世界が広がっています。ぜひ、俳句のある生活をお楽しみください。

付章1

旧仮名遣いの基礎知識

大塚康子

1 「っ」「ゃ」「ゅ」「ょ」は大文字で

俳句を正しく旧仮名遣いで書き表すために必要な〈旧仮名表記の基本〉について学んでいきましょう。

現代仮名遣いでは小さい文字で書く「っ」（促音）と、「ゃ」「ゅ」「ょ」（きゃ・きゅ・きょなどの拗音）は、旧仮名表記では大きい文字のままで書きます。

ひつぱれる糸まつすぐや甲虫　高野《たかの》素十《すじゅう》
じやがいもの花の三角四角かな　波多野《はたの》爽波《そうは》
幸せのぎゆうぎゆう詰めやさくらんぼ　嶋田《しまだ》麻紀《まき》

例句の傍線の語を表にしてみました。

たとえば「持って」「散って」など動詞の促音便が含まれた語は、「持つて」「散つて」

現代仮名遣い	旧仮名遣い
ひっぱれる	ひつぱれる
まっすぐ	まつすぐ
じゃがいも	じやがいも
ぎゅうぎゅう	ぎゆうぎゆう

というように書きます。

牡丹散つてうちかさなりぬ二三片　蕪村

一方、カタカナの場合は小文字で表記されることが多いです。

父が子を包める如くキヤベツむく　平畑静塔《ひらはたせいとう》

2 「わいうえお」は「はひふへほ」に

「さわやか」は「さはやか」、「向日葵《ひまわり》」は「ひまはり」、「恋《こい》」は「こひ」、「夕《ゆう》べ」は「ゆふべ」、「考える」は「考へる」、「顔《かお》」は「かほ」などのように、語中または語尾にある「わ・い・う・え・お」は、旧仮名表記では「は・ひ・ふ・へ・ほ」となるのが原則とされています。

あは《わ》れ子の夜寒の床の引けば寄る　中村汀女《なかむらていじょ》

さまざまのこと思ひ《い》出す桜かな　芭蕉《ばしょう》

白牡丹といふ《う》といへ《え》ども紅ほのか　高浜虚子《たかはまきょし》

さびしさも透きとほ《お》りけり若楓　永島靖子《ながしまやすこ》

この原則は、「思う」「言う」「匂う」「笑う」など、終止形が「う」で終わるほとんどの動詞にあてはまります。これらの動詞は文語ではハ行四段活用動詞で、「思ふ」「言ふ」「匂ふ」「笑ふ」となります。

基本形	語幹	未然形	連用形	終止形	連体形	已然形	命令形
言ふ	言	は	ひ	ふ	ふ	へ	へ
匂ふ	匂	は	ひ	ふ	ふ	へ	へ
接続する語		ズ	タリ	—。	トキ	ドモ	命令

右の表に示したように、動詞は接続する語によって活用する言葉なので、「は・ひ・ふ・ふ・へ・へ」という活用語尾の変化を覚えておくと便利です。

3　「居る」は「ゐる」と書く

「旧仮名」と言うと、まず「ゐ」と「ゑ」の文字が頭に浮かびます。五十音図では「わ行」の「わゐうゑを」となりますが、現代仮名遣いで用いられることはありません。ここでは、この「ゐ」の仮名遣いについて考えてみましょう。

妻がゐて夜長を言へりさう思ふ　森《もり》　澄雄《すみお》

秋の夜長、傍らに居た妻が語りかけたひと言を捉えて、夫婦の何気ない一瞬を詠んだ句です。「妻がゐて」の「ゐ」は人などがその場所に存在する、とどまる、という意味の「居る」という動詞の連用形です。

綿虫をあやつつてゐるひかりかな　西宮《にしみや》　舞《まい》

また、右の例句の「ゐる」は、「見て」＋「ゐる」、「あやつつて」＋「ゐる」のように、上の言葉について意味を助け、「〜している」といった状態を表す補助動詞として用いられていますが、この場合も仮名書きで「ゐる」と書きます。

「居る」（ゐる）以外に、「率る」（ゐる）、「率いる」（ひきゐる）、「用いる」（もちゐる）等、いずれもワ行上一段活用の動詞の場合に旧仮名の「ゐ」を書きます。

基本形	語幹	未然形	連用形	終止形	連体形	已然形	命令形
居る	（居）	ゐ	ゐ	ゐる	ゐる	ゐれ	ゐよ
用ゐる	用	ゐ	ゐ	ゐる	ゐる	ゐれ	ゐよ
接続する語		ズ	タリ	―。	トキ	ドモ	命令

4　その他の語頭・語中・語尾の「ゐ」

旧仮名の「ゐ」は他にもいろいろな語に遣われています。

虚子百句遅日に偲《しの》びまゐらする　阿部《あべ》みどり女《じょ》

浮み出て底に影あるゐもりかな　高浜虚子

日曜礼拝ひとりの裾にゐのこづち　山下《やました》知津子《ちづこ》

袖口のからくれなゐや新酒つぐ　日野《ひの》草城《そうじょう》

右の例句の中の語も含めて、「ゐ」と表記する語の例を次に挙げてみました。

あぢさゐ（紫陽花）・あゐ（藍）
からくれなゐ（韓紅）・くらゐ（位）
なつしばゐ（夏芝居）・なゐ（地震）
はしゐ（端居）・まゐる（参る）
ゐづつ（井筒）・ゐなか（田舎）
ゐのこづち（牛膝）・ゐのしし（猪）
ゐまちづき（居待月）・ゐもり（蠑螈）
くもゐ（雲居・雲井）・ゐぐさ（藺草）

漢字の「居」「井」「猪」などがあてられる語には旧仮名の「ゐ」を用いることがわかります。これらはもともと日本にあった語です。また、季語となっている語も多いので覚えておくようにしましょう。

5 「植う」の連用形は「植ゑ」と書く

前項では、わ行「わゐうゑを」の「ゐ」を取り上げましたが、ここでは、「ゑ」の仮名遣いについて考えてみましょう。

田一枚植ゑて立ち去る柳かな　芭蕉

例句の柳は、「道のべに清水流るる柳陰しばしとてこそ立ちどまりつれ」と西行が歌に詠んだという那須の蘆野の里にある遊行柳のこと。敬慕する西行ゆかりのその地を訪ねた芭蕉が、その深い感慨にしばし時を忘れ、思いを込めて詠んだ「おくのほそ道」の中の一句です。

「植ゑて」の「植ゑ」はワ行下二段活用動詞「植う」の連用形です。

正客に山を据ゑたり武者飾　野中《のなか》亮介《りょうすけ》

「据ゑたり」の「据ゑ」は「据う」の連用形です。ワ行下二段活用動詞は「植う」「飢う」「据う」の三つだけで、その未然形（ゑ）・連用形（ゑ）・命令形（ゑよ）に、旧仮名の「ゑ」が遣われます。

基本形	語幹	未然形	連用形	終止形	連体形	已然形	命令形
植う	植	ゑ	ゑ	う	うる	うれ	ゑよ
据う	据	ゑ	ゑ	う	うる	うれ	ゑよ
接続する語		ズ	タリ	—。	トキ	ドモ	命令

6 その他の語頭・語中・語尾の「ゑ」

鳴く鹿のこゑのかぎりの山襖　飯《いい》田龍太《だりゅうた》

ひとづまにゑんどうやはらかく煮えぬ　桂《かつら》信子《のぶこ》

城址とはゑのころ草の井戸一つ　西本一都《にしもといっと》

闘うて鷹《たか》のゑぐりし深雪なり　村越化石《むらこしかせき》

ほほゑめばゑくぼこぼるる暖炉かな　室生犀星《むろおさいせい》

例句にあるように旧仮名の「ゑ」はいろいろな語に用いられています。語例を表にまとめてみました。

こゑ（声・聲）・つゑ（杖）
すゑ（末）・ゆゑ（故）
ゑんどう（豌豆）・ゑんじゅ（槐）
ゑのころぐさ（狗尾草）
ゑま（絵馬）・ゑはう（恵方）
ねはんゑ（涅槃会）・ひがんゑ（彼岸会）
ゑぐる（抉る・刳る）・ゑがく（描く）
ゑふ（酔う）・ゑまふ（笑まう）
ほほゑむ（微笑む）・ゑくぼ（靨・笑窪）
ゑんらい（遠雷）

漢字の「絵」「会」「笑」などを遣う語に旧仮名の「ゑ」が遣われています。また、「豌」の他、「円」「園」「遠」など、音が「エン」となる語に「ゑ」の表記となるものがあります。

実は漢字の音を表す旧仮名遣いは複雑な用例があり、ここでは限られた用例を示すにとどめました。

7 「居り」は「をり」と書く

わ行の「を」は現代仮名遣いでは助詞の「を」の表記に用いられるのみですが、旧仮名遣いではいろいろな語に遣われます。ここではこの「を」の仮名遣いについて考えてみましょう。

「居り」は一九五頁で取り上げた「居る」（ゐる）と同じような働きをする動詞です。すなわち「居り」は、本来の「座っている」「いる」「存在する」という意味を持つ動詞として用いる場合と、上の言葉について意味を助ける補助動詞として用いる場合とがあります。

綿菓子屋をらねばならぬ祭かな　阿部《あべ》青鞋《せいあい》

元日や手を洗ひをる夕ごころ　芥川《あくたがわ》龍之介《りゅうのすけ》

戦死してをればいまごろ蕎麦《そば》の花　八田《はった》木枯《こがらし》

星空へ店より林檎《りんご》あふれをり　橋本《はしもと》多佳子《たかこ》

例句の一句目は本来の「居り」の意味を持つ動詞、二句〜四句目はそれぞれ、「洗ひ＋をる」「戦死して＋をれ（ば）」「あふれ＋をり」のように、上の言葉について「〜している」といった状態をあらわす補助動詞として用いられています。

「〇〇＋をり」はかな書きでよく遣われる表現ですので覚えておきましょう。

8 その他の語頭・語中・語尾の「を」

をりとりてはらりとおもきすすきかな　飯田《いいだ》蛇笏《だこつ》

長く手折ったすすきのしなやかな手応え、その感触を、すべてかな書きすることによって情感豊かに表現した句です。

まさをなる空よりしだれざくらかな　富安《とみやす》風生《ふうせい》

あをあをと空を残して蝶別れ　大野《おおの》林火《りんか》

これらの句も、かな書きによって空の青さを印象付けた句と言えるでしょう。

天平のをとめぞ立てる雛《ひいな》かな　水原《みずはら》秋櫻子《しゅうおうし》

をしみなく曲がつてゐたる茄子《なす》の馬　大木《おおき》あまり

等々、「を」は様々の語に遣われます。

仮名遣いの確認には『広辞苑』等、旧かな表記が示されている辞書が便利です。

をる（居る・折る）・ときをり（時折）・をしむ（惜しむ）
をはる（終わる）・をがむ（拝む）・をどる（踊る）
をさなし（幼し）・をかし（おかし）・をとこ（男）
ををし（雄々し）・をとめ（乙女）・をみなへし（女郎花）
をがら（苧殻）・をし（鴛鴦）・あを（青）・さを（棹）
うを（魚）・みを（澪・水脈）・をちこち（遠近）
たをやか（たおやか）・かをり（香り）

9　ダ行上二段活用の動詞「閉づ」

ダ行の「ぢ」「づ」の旧仮名遣いについて考えてみましょう。ここでは「ぢ」を取り上げます。

風花や魚死すとも目は閉ぢず　鈴木真砂女《すずきまさじょ》

俎板《まないた》の上の活きのいい魚が目に浮かんでくるようです。「閉ぢ」はダ行上二段活用動詞「閉づ」の未然形です。

閉ぢし翅《はね》しづかにひらき蝶死にき　篠原《しのはら》　梵《ぼん》

今まさに果てようとしている蝶が一旦閉じた翅を開く、その一瞬の生の輝きを捉えて詠んだ句で、この「閉ぢ」は「閉づ」の連用形です。

このように、口語の「閉じる」という動詞は文語ではダ行の「閉づ」という動詞となり、「ぢ・ぢ・づ・づる・づれ・ぢよ」と活用します。その「未然形」「連用形」「命令形」に「ぢ」

が遣われます。

病床の首捩ぢてまた枯木みる　辻田《つじた》克己《かつみ》

例句の「捩ぢて」の「捩ぢ」は動詞「ねづ」（捩づ・捻づ）の連用形。他に同じダ行上二段活用の動詞に「恥づ・羞《は》づ」「怖《お》づ」「綴《と》づ」などがあります。

基本形	語幹	未然形	連用形	終止形	連体形	已然形	命令形
閉づ	閉	ぢ	ぢ	づ	づる	づれ	ぢよ
捩づ	捩	ぢ	ぢ	づ	づる	づれ	ぢよ
接続する語		ズ	タリ	—。	トキ	ドモ	命令

10 「ぢ」と表記するその他の語

「あぢさゐ」や「もみぢ」のように、季語としてよく使われる語を始め、「ぢ」はさまざまな語の表記に用いられます。

あぢさゐの藍《あい》をつくして了《おわ》りけり　安《あ》住《ずみ》 敦《あつし》

雲早し水より水に散るもみぢ　紫《し》 暁《ぎょう》

くもの糸一すぢよぎる百合の前　高野素十

田鶴ひくやぢかに骨なる母の脛　小《こ》檜《ひ》山《やま》繁《しげ》子《こ》

「ぢ」と書く主な語を挙げてみました。

あぢ（鰺・味）・あぢさゐ（紫陽花）・かぢ（舵・加持）・くにぢゅう（国中）・ごぢゅう（五重）・ぢよや（除夜）・ぢかに（直に）・しめぢ（占地・湿地）・ぢざうぼん（地蔵盆）・ぢぢ（爺）・どぢやうなべ（泥鰌鍋）・ねぢばな（捩花）・のぢ（野路）・ひとすぢ（一筋）・ふぢばかま（藤袴）・もみぢ（紅葉）・ゆきぢよらう（雪女郎）

漢字の「地」「路」「女」などのつく語は他にも多いので覚えておきましょう。
旧仮名表記でも「項」は「うなじ」、「短し」は「みじかし」と書くように、旧仮名遣いにおける「じ」と「ぢ」の表記の使い分けはかなり誤りやすいものといわれています。「ぢ」を用いる特殊な語を覚えておくようにするのがよいでしょう。

11　ダ行下二段活用の動詞「出づ」

ここでは、ダ行の「づ」の旧仮名遣いについて考えてみましょう。

いざよひや闇より出づる木々の影　樗《ちょ》良《ら》

寝待月しとねのぶればまこと出づ　井《い》沢《ざわ》正《まさ》江《え》

名月といえば旧暦八月の十五夜。以後、日ごとに遅くなる月の出を待つ思いを込めて、十六夜《いざよい》（旧暦八月十六日の夜、およびその夜の月）、立待月《たちまちづき》、居待月《いまちづき》、寝待月《ねまちづき》（臥待月《ふしまちづき》）、更待月《ふけまちづき》などと呼ばれます。

例句の「出《い》づる」は動詞「出《い》づ」の連体形、「いづ」は終止形です。

口語の動詞「出《で》る」は文語では「出《い》づ」となり、「で・で・づ・づる・づれ・でよ」とダ行下二段で活用します。その「終止形」「連体形」「已然形」に「づ」が遣われます。

そこで注意しなければならない語に、打ち消しの助動詞「ず」があります。

もし例句二句目の「いづ」を「出ず」と表記した場合、寝待月は出なかったのかと解釈され、句意が通らないことになります。ザ行の「ず」は打ち消しの助動詞「ず」として働いてしまうからです。


まんさくや峡人はまだ外《と》に出でず　森　澄雄

例句のように、「出《い》づ」を打ち消す場合には、未然形の「出《い》で」に助動詞「ず」をつけて「出《い》でず」と表記します。

他のダ行下二段活用の動詞に「撫《な》づ」「愛《め》づ」などがあります。

基本形	語幹	未然形	連用形	終止形	連体形	已然形	命令形
出づ	出	で	で	づ	づる	づれ	でよ
愛づ	愛	で	で	づ	づる	づれ	でよ
接続する語		ズ	タリ	—。	トキ	ドモ	命令

12 「づ」と表記するその他

「さへづり」「かはづ」「いなづま」などの季語や「いづこ」「〜づつ」など、「づ」はさまざまな語の表記に用いられます。

樹も草もしづかにて梅雨《つゆ》はじまりぬ　日野草城《ひのそうじょう》

いなづまや嘶《いなな》きあへる牧の馬　木津柳芽《きずりゅうが》

かろき子は月にあづけむ肩車　石寒太《いしかんた》

みづうみはみづをみたして残る虫　井上弘美《いのうえひろみ》

「づ」と書く主な語をまとめました。

あづく（預く）・いづこ（何処）・いづみ（泉）・いなづま（稲妻）・うづ（渦）・おとづれる（訪れる）
うづむ（埋む）・おのづから（自ずから）・かづく（潜く）・かはづ（蛙）・くづす（崩す）
さへづり（囀り）・しづかなり（静かなり）・しづく（雫）・しづむ（沈む）・一人づつ（一人ずつ）
まづ（先ず）・みづ（水）・みづうみ（湖）みづみづし（端々し）・めづらし（珍し）

13 「まるで〜のように」は「〜やうに」

旧仮名遣いで書かれたものを音読する際には、表記された文字通りには発音しない場合があります。たとえば、「親孝行」は「おやこうこう」と音読しますが、旧仮名遣いでは「おやかうかう」と表記します。ここでは、読むときには「オ段＋う」と発音するけれども、旧仮名遣いでは「ア段＋う（ふ）」と表記する語について考えてみましょう。

ぼうたんの百のゆるるは湯のやうに

森　澄雄

弾けあふ磁石のやうに蝶二つ　望月《もちづき》澄子《すみこ》

例句の一句目は、たくさんの牡丹が風に揺れる様を「湯のやうに」とたとえたことで、豊かで大らかな牡丹の花のゆったりとたゆたうような感じが読み手に伝わります。二句目は、蝶がもつれ合いながら飛ぶ様子を「弾けあふ磁石のやうに」とたとえて、そのいきいきとした生命力が伝わってきます。

これらの「やうに」は、助動詞「やうなり（様なり）」の連用形で「まるで～のようだ」という比喩表現を意味します。

助動詞「やうなり」は、比況（比喩）、例示（たとえば～のようだ）、願望・意図、不確かな断定、などの意味を表す場合に用いますが、俳句では多くの場合比喩表現に用います。

やませ来るいたちのやうにしなやかに　佐藤《さとう》鬼房《おにふさ》

死ぬときは箸置くやうに草の花　小川《おがわ》軽舟《けいしゅう》

月光をこぼさぬやうに白木蓮　本間《ほんま》清《きよし》

例句の一句目、二句目は比喩表現、三句目は願望・意図を表しています。

14「ア段＋う（ふ）」と書くその他の語

菜の花がしあはせさう《そう》に黄色して　細見《ほそみ》綾子《あやこ》
夫《つま》愛すはう《ほう》れん草の紅愛す　岡本《おかもと》眸《ひとみ》
翅わつててんたう《とう》虫の飛びいづる　高野素十
子なければ妻とたう《とう》ぶるさくらんぼ　富安風生

「たうぶる」は動詞「食《とう》ぶ（たうぶ）」の連体形で、「食べる」の丁寧語です。
「ア段＋う（ふ）」と書いて「オ段＋う」と発音する主な語をまとめてみました。

あふぎ（扇《おうぎ》）・あふち（楝《おうち》・樗《おうち》）・あふみ（近江《おうみ》・淡海《おうみ》）・かうかう（皎々《こうこう》）・かうすい（香水）
かうべ（頭《こうべ》）・かうもり（蝙蝠《こうもり》）・われもかう（吾亦紅《われもこう》）・きちかう（桔梗《きちこう》）・さう（然《そ》う）
〜さうに（〜そうに）・てんたうむし（天道虫《てんとうむし》）・ぶだう（葡萄《ぶどう》）・ふきのたう（蕗《ふき》の薹《とう》）・たうぶ（食《とう》ぶ）
はうれんさう（菠薐草《ほうれんそう》）・まうす（申《もう》す）・はつまうで（初詣《はつもうで》）・やう（様《よう》）・やうやく（漸《ようや》く）
らふげつ（臘月《ろうげつ》）・らふそく（蠟燭《ろうそく》）・たうらう（蟷螂《とうろう》）

15 「きょう」を「けふ」と書くもの

〈いにしへの奈良の都の八重桜けふ九重ににほひぬるかな〉〈春過ぎて夏来にけらし白妙の衣干すてふ天の香具山〉

昔覚えた百人一首なので「けふ」・「てふ」は自然に「きょう」「ちょう」と読めただろうと思います。ここでは、旧仮名遣いでは「エ段＋う（ふ）」と表記する語について考えてみましょう。

けふもまた浅間の灰や避暑の宿　山口青邨《やまぐちせいそん》
水中花けふ一日の水を足す　神蔵《かみくら》器《うつわ》
大学も葵祭のきのふけふ　田中裕明《たなかひろあき》

例句の「けふ」は「今日」の意味で、読むときには「きょう」と発音しますが、旧仮名遣いでは「けふ」と書きます。

16 「ちょう」を「てふ」と書くもの

すだちてふ小つぶのものの身を絞る　辻田克巳

甲種合格てふ骨片や忘れ雪　正木《まさき》ゆう子《こ》

例句の傍線の語「てふ」は、「とい（言）ふ」の変化したものです。「〜という」という意味で、「ちょう」と発音します。

二句目、「甲種合格てふ《ちょう》骨片や」というきっぱりとした音の響きが、目の前の現実を読み手により強く訴えかけます。

てふてふのひらがなとびに水の昼　上田《うえだ》五千石《ごせんごく》

てふてふや遊びをせむとて吾が生れぬ　大石《おおいし》悦子《えつこ》

「てふてふ」は「蝶々（ちょうちょう）」のこと。旧仮名表記によって、「蝶々」のもつ自由に、しなやかにといったイメージが効果的に表現されています。

二句目は、季語「てふてふ」と、『梁塵秘抄《りょうじんひしょう》』の言葉を生かしての「遊びをせむとて吾が生れぬ」というフレーズとが作者の生きる思いに重なります。

17 「エ段＋う（ふ）」と書くその他の語

へう《ひょう》たんの影もくびれてゐたりけり　高橋悦男《たかはしえつお》

戦争が来ぬうち雛《ひな》を仕舞ひませう《しょう》　八田木枯

一句目の「へうたん」は「瓢箪」のこと。二句目の「せう」は「仕舞いましょう」ということ。いずれも傍線部のように「エ段＋う」と書いて、読むときは「イ段＋ょ＋う」（拗音＋う）と発音します。

主な語を表にまとめました。

けふ（今日《きょう》）・けふちくたう（夾竹桃《きょうちくとう》）・せう（しょう）・しゅんせう（春宵《しゅんしょう》）・せうしょ（小暑《しょうしょ》）
ばせう（芭蕉《ばしょう》）・てふ（ちょう）・てふてふ（蝶々《ちょうちょう》）ひなてうど（雛調度《ひなちょうど》）・へうたん（瓢箪《ひょうたん》）
べうべう（渺々《びょうびょう》）・めうが（茗荷《みょうが》）・みざんせう（実山椒《みざんしょう》）・らいてう（雷鳥《らいちょう》）・れうせう（料峭《りょうしょう》）
れふけん（猟犬《りょうけん》）・れうり（料理《りょうり》）

旧仮名遣いでは、「鞦韆」は「しうせん」、「入梅」は「にふばい」と書きます。読むときには「しゅう」「にゅう」のように「イ段＋ゅ＋う」（「しゅ」「にゅ」などの拗音＋う）と発音するけれども、旧かな表記では「イ段＋う(ふ)」と書く語について考えてみましょう。

18 「ウ音便」による「〜しう」「〜じう」

芋の露連山影を正しう《しゅう》す　飯田蛇笏

菖蒲根分水をやさしう《しゅう》使ひけり　草間時彦

ひとり臥《ね》てちちろと闇をおなじう《じゅう》す

桂《かつら》 信子《のぶこ》

一句目は、里芋の葉の上で揺れる朝露を眼前に捉え、その向こうに、くっきりと山肌を見せて連なる甲斐《かい》の山々の堂々とした姿を捉えた句です。山は昔から人々に神と崇められてきましたが、この句も「連山影を正しうす」という表現によって、よりいっそう引き締まった格調高い句となっています。

「正しうす」は、本来は「正しくす」ですが、「しく」の部分が「ウ音便」によって「しう」に変化しました。

二句目は、「やさしく使ひけり」が音便によって「やさしう使ひけり」となり、音の響きもやさしい句になりました。

三句目は、「おなじくす」が音便形の「おなじうす」となり、「ひとり臥てちちろと闇を」分かち合う作者のやわらかい感性が伝わります。「おなじくす」では表現が硬くなってしまいます。

他に「さびしう」「をかしう」「あやしう」「いみじう」など、形容詞連用形の「ウ音便」による表現は、より文語らしい格調高い表現となるので効果的に用いるとよいでしょう。

19 「イ段＋う（ふ）」と書くその他の語

箸《はし》涼しなまぐさぬきのきうり《きゅうり》もみ　久保田万太郎《くぼたまんたろう》

目出度さもちう《ちゅう》位也おらが春　一茶《いっさ》

一句目の「きうりもみ」は「胡瓜もみ」、二句目の「ちう位」は「中位」のことです。ただし、「中」については、旧仮名遣いでは「ちゅう」と表記するのですが、例句のように、「ちう」と書くのは、江戸時代の表記の揺れと考えられます。

「イ段＋う（ふ）」と書く語の主なものとして、漢字の「秋」（しう）・「十」（じふ）・「流」（りう）などを含む熟語があげられます。主な語をまとめました。

きうり（胡瓜《きゅうり》）・きうかはつ（休暇《きゅうか》果つ）・しうせん（鞦韆《しゅうせん》）・しゅんしう（春愁《しゅんしゅう》）・しうう（驟雨《しゅうう》）
しうりん（秋霖《しゅうりん》）・しうれい（秋冷《しゅうれい》）・じふごや（十五夜《じゅうごや》）・じふやく（十薬《じゅうやく》）
しじふから（四十雀《しじゅうから》）・にふだうぐも（入道雲《にゅうどうぐも》）・にふばい（入梅《にゅうばい》）・りうとうゑ（流灯会《りゅうとうえ》）

20 「山茶花《さざんか》」は「さざんくわ」と書く

灯火親しむ十月。旧仮名遣いでは、「灯火」は「とうくわ」、「十月」は「じふぐわつ」と表記します。ここでは、読むときには「か」「が」と発音するけれども、旧かな表記では「くわ」「ぐわ」と書く語を取り上げました。

さざんくわの籬《まがき》を辞する尼のこゑ　角川春樹《かどかわはるき》

手のやうな白さざんくわに触れもして　高浦銘子《たかうらめいこ》

「さざんか」は漢字で書くと「山茶花」旧かな表記では「さざんくわ」と書きます。
この「花」（くわ）という漢字がついた花の季語としては他に「鳳仙花《ほうせんか》」「金蓮花《きんれんか》」「茉《ま》莉《り》花《か》」（ジャスミン）「牽牛花《けんぎゅうか》」（朝顔）などがあります。
また「くわ」と表記する季語として他に「榠樝《かりん》・花梨」（くわりん）があります。

くわりんの実傷ある方を貰ひたり　細見綾子

黄昏《たそがれ》のくわりん夜明のくわりんかな

石田郷子《いしだきょうこ》

例句の一句目は、傷ついた榠樝の実の方を敢えて貰ったという作者のやさしい眼差しが感じられます。二句目は「黄昏のくわりん」と「夜明のくわりん」を一対のものとして捉えています。その微妙な違いを作者は感じとったのでしょうか。二句とも、漢字ではなく「くわりん」と旧かな表記にしたことによって、作者の繊細な感覚が読み手に伝わってきます。

21 「六月」は「ろくぐわつ」と書く

さんぐわつのこぼれやすきは雪花菜《きらず》かな
ふはふはとさんぐわつをはる草箒《くさぼうき》
ろくぐわつのうすきてのひら素甘たべ
ろくぐわつはうたかたの月捨て鏡

八田木枯（『鏡騒』より）

一句目「雪花菜《きらず》」とは「おから」のこと。例句はいずれも、八田木枯氏の句です。氏の句には三月や六月など、月の呼称を敢えて旧かな表記にしたものが多く見られます。

22 「くわ」「ぐわ」と書くその他の語

「くわ」「ぐわ」と書いて「か」「が」と発音する語として、「花・火・果・観」「月・元・外・願」などの漢字を含む語が挙げられます。主な語をまとめました。

くわりん（榠樝《かりん》・花梨《かりん》）・くわと（蝌蚪《かと》）・くわんおん（観音《かんのん》）・らくくわ（落花《らっか》）
くわくわん（花冠《かかん》）・すいくわ（西瓜《すいか》）・くわじつ（果実《かじつ》）・くわんざう（萱草《かんぞう》）
さざんくわ（山茶花《さざんか》）・とうくわ（灯火《とうか》）・ぐわんじつ（元日《がんじつ》）・きぐわん（祈願《きがん》）
ぐわいたう（外套《がいとう》）・にぐわつ（二月《にがつ》）・れんぐわ（煉瓦《れんが》）・ぐわか（画架《がか》）

付章2

覚えておきたい四季の秀句

白梅や父に未完の日暮あり　　櫂《かい》　未知子《みちこ》

――寒中に咲く梅は高潔にして高雅。早々と世を去った父は白梅そのものとしてイメージされるのです。

汝《な》が支へゐし空春になるものを　　細見綾子《ほそみあやこ》

――庭の山茶花の木を伐ることになったときの木への挨拶句。樹木に「汝」と呼び掛けて惜しんでいるのです。

白魚の雪の匂ひを掬《すく》ひけり　　中西夕紀《なかにしゆき》

――白魚に雪の匂いがすると表現することで、白魚の透明感とはかなさが強調されました。

その上へ又一枚の春の波　　深見《ふかみ》けん二《じ》

――一枚一枚、波がゆるやかに被さってゆくと捉えることで、春ののどかな海を表現しています。

うつすらと空気をふくみ種袋

津川絵理子《つがわえりこ》

――種袋の闇の中で、花種はしずかに息をしつつ、土と水と光をまっているのです。

ひとしきり雪の匂へる雛《ひいな》かな

雨宮《あめみや》きぬよ

――雛祭のころはまだ春の雪が降ることがあります。雪降る日の雛人形は、雛人形にも雪の匂いがするように思えるのです。

仕《つか》る手に笛もなし古雛

松本《まつもと》たかし

――五人囃子《ばやし》の笛方ですが、笛が失われてしまったのです。そこがいかにも古雛。笛を吹く構えを「仕る」と表現して品格があります。

雛飾る四五冊の本片寄せて

山本洋子《やまもとようこ》

――書棚に作ったわずかな空間に雛人形を飾ることで、日常に心やすらぐ時間を作り出しているのです。

陽炎《かげろう》や母といふ字に水平線

鳥居真里子《とりいまりこ》

――海という字の中に母を見つけたのは三好達治《みよしたつじ》。母という字に水平線を見つけて、母も水平線も陽炎のかなたにあるようです。

かたまつて薄き光の菫《すみれ》かな　渡辺水巴《わたなべすいは》

――群れ咲く菫の可憐《かれん》さを、うっすらとした光を放っていると表現したことで早春の野の風景までが見えてきます。

チューリップ喜びだけを持つてゐる　細見綾子

――色とりどりに咲くチューリップは春の喜びそのもので、万人に愛されています。

みどり児を差し上げてゐる桜かな　本宮哲郎《もとみやてつろう》

――桜が咲いて春爛漫《らんまん》の季節。みどり児を抱き上げると、桜もまた赤子の命を祝福しているかのように思えるのです。

硝子器《がらすき》に浸してありぬ花の枝　井越芳子《いごしよしこ》

――透明な硝子の器に寝かされた桜の枝。硝子も水も桜もひんやりと涼やかで、清涼感にあふれています。

囀《さえずり》をこぼさじと抱く大樹かな

星野立子《ほしのたつこ》

——一本の樹に集まって、美しい鳴き声を聞かせている鳥たち。まるで、大樹は囀を零《こぼ》さないようにと、鳥たちを抱えているように思えるのです。

ひかり降るごとく雨来て山桜

茨木和生《いばらきかずお》

——光のように降る雨によって、山中に自生する堂々たる山桜が思われます。それは自然の恵みの象徴のように厳かな景です。

天空は音なかりけり山桜

藤本美和子《ふじもとみわこ》

——地上はるかな天空の静寂。その宇宙の静寂に応えるように山桜が気高く花開いているのです。

花に一会《いちえ》花に一会と老いけらし

後藤比奈夫《ごとうひなお》

——あちらの桜、こちらの桜と桜行脚の一会を重ねつつ、ふと気がつくと老いた身になっていたようだ、との感慨なのです。

雪月花わけても花のえにしこそ

飯田龍太《いいだりゅうた》

——山本健吉《やまもとけんきち》への追悼句です。「雪月花」は日本の伝統美の象徴。中でも、桜によるご縁は格別なものであったと、ともに仰いだ桜を思い出しているのです。

ちるさくら海あをければ海へちる　高屋窓秋

――花桜の薄紅と青い海という二つの色彩を生かした句。海へ散ってゆく桜を、まるで海の青さに心ひかれて「海へちる」ようだと捉えたのです。

人の世をやさしと思ふ花菜漬　後藤比奈夫

――花菜漬の色や味を楽しみつつ、ふと、この世を懐かしく、心やさしいものと感じたのです。

折鶴をひらけばいちまいの朧《おぼろ》　澁谷《しぶや》　道《みち》

――折鶴を開けば、そこには一枚の紙があるだけ。作者は形あるものが失われてしまった喪失感を朧と表現して、鶴を春の闇の中に消してしまいました。

うららかや子豚十頭さくら色　青柳志解樹《あおやぎしげき》

――さくら色がいかにも子豚。どこか剽軽《ひょうきん》な子豚たちも、子豚の面倒を見る母豚も、そして暮れ遅き春の一日もうららかなのです。

雀らも海かけて飛べ吹流し

石田波郷《いしだはきょう》

――「吹き流し」は鯉幟《こいのぼり》につける五色の流し。雀たちは海を渡りませんが、そのように志をもて、と端午の節句の男の子たちに呼びかけているのです。

菖蒲湯《しょうぶゆ》の沸くほどに澄みわたりけり

鷹羽狩行《たかはしゅぎょう》

――端午《たんご》の節句の菖蒲湯です。湯舟の中で、菖蒲は沸くほどに香りたかく湯を浄めて澄み渡るのです。

あをによし奈良に一夜の菖蒲酒

深見《ふかみ》けん二

――「あをによし」は奈良に掛かる枕詞。その古き都に「一夜」を過ごし、「邪気を祓《はら》へ」とたまわる、由緒正しき「菖蒲酒」が思われます。

神田川祭の中をながれけり

久保田万太郎《くぼたまんたろう》

――固有名詞の生きた句です。一本の川を流したことで、神田川を中心に祭の賑わいが見えてくるのです。

麦秋《ばくしゅう》のなほあめつちに夕明り　長谷川素逝《はせがわそせい》

――麦が茶色く稔《みの》る季節は、夕暮れが遅くいつまでも明るいのです。その明るさを「あめつち」と大きく捉えています。

目には青葉山ほとゝぎす初がつを　素堂《そどう》

――視覚は「青葉」、聴覚は「山ほととぎす」、そして味覚は「初鰹」と、五感を総動員して初夏を楽しんでいます。

芥子《けし》詠《よ》んで黄河を越えき芥子を見ず　加藤楸邨《かとうしゅうそん》

――入院中に世界地図を貰っての挨拶句。黄河から芥子の花を想像して詠んだ句で、黄河流域に広がる幻の芥子畑がイメージされます。

深海のいろを選びぬ更衣《ころもがえ》　柴田白葉女《しばたはくようじょ》

――かつての更衣は旧暦四月一日。現在はそれほど厳密ではありませんが、夏の到来に深海の色を選ぶところに作者の人柄が滲《にじ》んでいます。

ふはふはのふくろふの子のふかれをり　小澤《おざわ》　實《みのる》

――一句の中に「ふ」を五回使って、羽毛に覆われた「ふくろふの子」が風に吹かれる様子を表現しました。

その窓は風を聴く窓緑さす　西村和子《にしむらかずこ》

――「緑さす」は新緑のこと。四季折々風の音を楽しませてくれる窓に、今は瑞々《みずみず》しい緑とともに、初夏の風音が届いているのです。

かたつむり甲斐《かい》も信濃《しなの》も雨のなか　飯田龍太《いいだりゅうた》

――梅雨期を迎えて「甲斐」も「信濃」も雨の中。小さなかたつむりを配することで、かたつむりを中心に、景は大きな広がりを見せています。

万緑の能登《のと》の肋《あばら》を縦断す　中坪達哉《なかつぼたつや》

――万緑の季節、能登半島を縦断すると、まるで能登の肋骨を渡って行くように思えたのです。

水馬《みずすまし》いのちみづみづしくあれよ　中岡毅雄《なかおかたけお》

――水馬のような小さいいのちも、どうかすこやかにありますように、と祈ることですべての命を祝福しているのです。

あめんぼと雨とあめんぼと雨と　藤田湘子《ふじたしょうし》

――水馬の描く水輪と降り出した雨が描く水輪。言葉の繰り返しによって、次第に雨の強くなる水面を表現しました。

うごかざる一点がわれ青嵐　石田郷子《いしだきょうこ》

――夏の強い風によって木々はことごとく揺れているのですが、その中にあって動かない一点として俯瞰するように自己を捉えています。

若葉色して蜘蛛の子の吹かれゐる　山田佳乃《やまだよしの》

――蜘蛛の子の柔らかくみずみずしい体を、まるで若葉が風に吹かれているようにとらえたのです。

優曇華《うどんげ》やおもしろかりし母との世　西嶋《にしじま》あさ子《こ》

――「優曇華」は、本来は三千年に一度開花するインドの想像上の植物。しかし我が国では草蜉蝣《くさかげろう》の卵。母在世のころを、またとない歳月であったと懐かしんでいるのです。

鮎《あゆ》食うて月もさすがの奥三河　森《もり》　澄雄《すみお》

——旅先の宿で鮎を食べていると、いい月が上ってきたのです。鮎のみならず、月もまたさすがの奥三河であると、地名を詠み込んで挨拶の句としたのです。

波はみな渚に果つる晩夏かな　友岡《ともおか》子郷《しきょう》

——渚に打ち寄せる波を、「果つる」と表現することで夏の終わりの倦怠感《けんたいかん》を漂わしています。

蟬時雨一分の狂ひなきノギス　辻田《つじた》克巳《かつみ》

——ノギスは金属製の物差しで一分の狂いもなく、蟬時雨も一分の隙もなく蟬の鳴き声に埋め尽くされているのです。

鬼灯市《ほおずきいち》夕風のたつところかな　岸田《きしだ》稚魚《ちぎょ》

——「鬼灯」は秋の季語ですが、「鬼灯市」は七月十日、十一日に浅草寺で開かれるので夏。暑いさかりですが、撒《ま》かれる水とともに夕暮れは涼風が吹きます。

ぐんぐんと山が濃くなる帰省かな　黛《まゆずみ》　執《しゅう》

——「帰省」の喜びが「ぐんぐん」「濃くなる」という言葉によく表れています。それは故郷に近づく思いであり、自然が深くなってゆくという実感なのです。

うみどりのみなましろなる帰省かな　髙柳克弘《たかやなぎかつひろ》

――「うみどり」の白さとともに、蒼《あお》い海が思われる清々しい作品。その清々しさは、故郷というものがもつ清々しさでもあります。

乳母車夏の怒濤《どとう》によこむきに　橋本多佳子《はしもとたかこ》

――夏の怒濤に浚《さら》われそうな「乳母車」がイメージされます。それは、無垢《むく》な命というものの危うさを思わせます。

端居《はしい》して懐にある夕明り　德田千鶴子《とくだちづこ》

――「端居」は縁側などで涼むこと。夕焼けが薄れてゆくなかで、懐のなかにまで夕明かりがあるような思いなのです。

星涼しもの書くときも病むときも　大木《おおき》あまり

――ものを書くことができるのは元気なとき。元気なときも病気のときも、星は涼しく見守ってくれるのです。

羅《うすもの》をゆるやかに著て崩れざる　松本《まつもと》たかし

――羅は盛夏の着物。それを涼しくゆるやかに着て、しかし決して崩れるということがない凜とした姿を捉えています。

空蟬《うつせみ》のいづれも力抜かずゐる

阿部《あべ》みどり女《じょ》

――空蟬は蟬の抜け殻。けれども、脱皮するときの渾身《こんしん》の力をそのまま留めていると、見えない力を感じとっての一句。

西鶴《さいかく》の女みな死ぬ夜の秋

長谷川《はせがわ》かな女《じょ》

――西鶴の女といえば『好色一代女』。物語の中でさまざまな運命を生きた女たちも、遂には死んで、季節は夏の終わりを迎えているのです。

フェノロサの墓へのみちの孔雀《くじゃく》歯朶《しだ》

星野麥丘人《ほしのばくきゅうじん》

――フェノロサは日本文化のよき理解者で、遺骨は滋賀県の法明院に納められてます。孔雀歯朶という美しい名前の季語によって、挨拶句《あいさつく》にしているのです。

夕菅《ゆうすげ》や叱られし日のなつかしく

伊藤敬子《いとうけいこ》

――叱られた記憶は、叱ってくれた人とともに懐かしい。それは夕暮れに咲く「夕菅」のように、ほんのひととき心に咲いて、また記憶の底に沈んでゆくのです。

金魚売消えて真水の匂ひかな
仁平《にひら》　勝《まさる》

――金魚売は去ってしまったのに、そこに水の匂いだけが残っているのです。真夏の水の匂いが、もうそこに存在しない金魚売を残像のようにイメージさせます。

百合の香に顔を打たるる喪の帰り
檜山哲彦《ひやまてつひこ》

――百合の香りに包まれたままの通夜の帰り。「百合の香」に「顔を打た」れるという表現が、死に衝撃を受けている作者の心情を語っています。

かの夏や壕《ごう》で読みたる方丈記《ほうじょうき》
鍵和田秞子《かぎわだゆうこ》

――「かの夏」とは戦時中の夏。夏がやってくる度に、壕の中で『方丈記』を読みながら考えたさまざまな記憶が蘇るのです。

一碧の空の芯より那智《なち》の瀧《たき》
鳥井保和《とりいやすかず》

――那智の瀧が、まるで碧空に芯があって、そこから落ちてきたようだと把握することで、天地をつなぐものとして表現したのです。

五十年野暮を涼しと過し来し
後藤比奈夫《ごとうひなお》

――前書きに「諷詠六百号」とある自祝の句。俳句に勤しんできた歳月を「野暮を涼し」と押し通したと表現して、飄逸《ひょういつ》な味わいを醸《かも》しています。

秋

くろがねの秋の風鈴鳴りにけり　飯田蛇笏《いいだだこつ》

――「くろがね」は鉄。夏の間涼しい音色を奏でていた風鈴も、秋の到来とともに寂しく、ときに凄《すさ》まじいとも思える音をたてて聞く者をはっとさせるのです。

法師《ほうし》蟬何たることを告げて鳴く　山口誓子《やまぐちせいし》

――追悼句として詠まれた句で、「何たること」とは訃報を指しています。「つくつくほーし」という鳴き声を、哀悼の声として聞いているのです。

流灯にいま生きてゐる息入るる　照井《てるい》 翠《みどり》

――流灯は盆の終わりに流す灯籠。この灯籠に乗って死者は彼の世に帰ってゆきます。流灯に息を入れるとき、生きてこの世にいることが実感されるのです。

銀漢を荒野のごとく見はるかす　堀本裕樹《ほりもとゆうき》

──「銀漢」は天の川のこと。茫々《ぼうぼう》たる星の流れを、まるで荒野のようだと捉えて、宇宙に荒野を見いだしました。

たましひのたとへば秋のほたるかな　飯田蛇笏

──芥川龍之介《あくたがわりゅうのすけ》への追悼句。自ら命を絶った龍之介の死を悼んで、彼の世へ去りゆく「たましひ」を、寂しく明滅する秋のほたるに喩《たと》えたのです。

虫の夜の星空に浮く地球かな　大峯《おおみね》あきら

──虫たちが盛んに鳴く秋の夜、この地球が星空に浮いていることの不思議を思っているのです。

雁《かりがね》やのこるものみな美しき　石田波郷

──雁の群れが海を渡って日本にやってくる頃、作者は応召によって大陸に渡って行きました。そんな作者の目には、残してゆくすべてのものが美しく見えたのです。

断崖をもつて果てたる花野かな　片山由美子《かたやまゆみこ》

──秋草の咲き誇る野の果てに切り立つ断崖。咲き乱れる野の花の果てに峻厳な断崖の存在があることで、花野はいっそう美しいのです。

けふの月長いすすきを活けにけり　阿波野青畝《あわのせいほ》

――「けふの月」は中秋の名月。名月を迎えるべく、丈長く剪《き》った芒を活けてあるのです（芒も季語ですが、ここでは「けふの月」が大きく働いています）。

秋の蟬たかきに鳴きて愁《うれ》ひあり　柴田白葉女

――夏の間盛んに鳴いていた蟬も、秋風が吹くころになると声に陰りが感じられます。それでも、高い木で精一杯鳴く姿に哀れを感じているのです。

川越えてしまへば別れ秋の蟬　五所平之助《ごしょへいのすけ》

――川を越えることが「別れ」。その別れを惜しむように秋の蟬が鳴いているのです。ドラマチックな場面をさまざまに想像させる一句です。

とぶものはみな羽ひゞく秋の蜂　山口誓子

――蜂は春の季語ですが、これは「秋の蜂」。鳥も虫も、「とぶものはみな」秋の澄んだ大気に羽の音をひびかせるのです。

葡萄《ぶどう》より光の雫《しずく》海鳴りす　浦川聡子《うらかわさとこ》

——一房の葡萄と、遠く聞こえる海鳴り。ずっしりと実を付けた葡萄は豊穣《ほうじょう》の象徴のように、きらきらと光の雫を垂れているのです。

編笠の中はくらやみ風の盆　森野《もりの》 稔《みのる》

——「風の盆」とは越中八尾《やつお》の盆踊。本来、編笠を被るのは死者を迎えて共に踊るため。編笠の中のくらやみは死者と共有する闇でもあるのです。

虫籠《むしかご》に虫ゐる軽さゐぬ軽さ　西村和子《にしむらかずこ》

——虫籠に虫がいるときは虫の軽さとともに、そのはかない命を思い、空っぽの時は虫の存在しない寂しさを、軽さとして感じているのです。

西国の畦曼珠沙華《まんじゅしゃげ》曼珠沙華　森 澄雄

——曼珠沙華は別名彼岸花。秋の彼岸のころ、畦道《あぜみち》などに燃えるように咲きます。西国は東国に対する言葉ですが、この句では彼の世をもイメージさせています。

萬の翅《はね》見えて来るなり虫の闇　高野《たかの》ムツオ

——闇の中で盛んに鳴いている虫たちの声は命の証。鳴くために震わせている、万にも及ぶ翅が思われるのです。

見えさうな金木犀《きんもくせい》の香なりけり

津川絵理子

――金木犀の甘い香りに包まれていると、オレンジ色の小さな花とともに、香りまでが見えてくるように思われるのです。

露けさの一樹が残る生家跡

ながさく清江《きよえ》

――生家跡に残る一本の木は思い出の木。年を経て懐かしく思う作者の心情が「露けし」という季語によって語られています。

鹿たちの古き世の貌《かお》水澄める

山尾玉藻《やまおたまも》

――鹿は王朝時代からさまざまに和歌に詠まれてきました。鹿の気品ある貌は、そんな古き世を思わせるのです。季節は秋。大気も水も澄み渡っています。

あきくさのゆめうつくしく生ひたてと

久保田万太郎

――知人宅に生まれた女の子への祝句。秋の草花が美しく咲き誇る季節に生まれた女の子に、そのように美しく育つようにと祝福しているのです。

秋茄子《あきなす》にこみあげる紺ありにけり

鈴木鷹夫《すずきたかお》

――秋茄子の美味さは格別。張り詰めたような茄子紺を、「こみあげる」と捉えて秋茄子の色艶をたたえたのです。

ひらくと月光降りぬ貝割菜

川端茅舎《かわばたぼうしゃ》

――開いたばかりの青く小さな二枚の葉。降り注ぐ月光を「ひらひら」と表現することで、光のやわらかさとともに貝割菜のいとけなさをも捉えています。

刃を入るる隙なく林檎《りんご》紅潮す

野澤節子《のざわせつこ》

――赤々とつややかな林檎は完成された一個の芸術作品のようで、刃を入れようにも隙がないと感じたのです。

鶴ばかり折つて子とゐる秋時雨《あきしぐれ》

文挾夫佐恵《ふばさみふさえ》

――所在なく子どもと鶴を折って過ごす一日。晩秋の時雨は肌寒さとともに心理的な寂しさをも感じさせます。

秋風や模様の違ふ皿二つ

原《はら》　石鼎《せきてい》

――秋風の吹くもの寂しい季節。食卓に並んでいるのは模様の違う二枚の皿。不揃いの二枚の皿は、どこか侘《わび》びしい生活を思わせます。

新蕎麦《しんそば》や暖簾《のれん》のそとの山の雨　吉田冬葉《よしだとうよう》

――「山の雨」とあるので、そば処で食べる新蕎麦なのでしょう。暖簾の外に、秋の雨に濡れた山里の風景が広がっていることが思われます。

秋空につぶてのごとき一羽かな　杉田久女《すぎたひさじょ》

――蒼天を飛ぶ一羽の鳥。秋の空はどこまでも澄んでいて、鳥はまるでつぶてのように小さく、またたくまに青空に消えてゆくのです。

鳥わたるこきこきこきと罐《かん》切れば　秋元不死男《あきもとふじお》

――この句が詠まれたのは終戦の翌年。「こきこきこき」の擬音語とともに、「鳥渡る」の季語が精神的な解放感を思わせます。

菊枕はづしたるとき匂ひけり　大石悦子《おおいしえつこ》

――菊枕は乾燥させた菊を入れた枕。まどろみから覚めて外すとき、夢幻的とも思われる香りを漂わせたのです。

文化の日明治生れを誇りとす　松尾《まつお》いはほ

――作者の松尾いはほは明治十五年、京都に生まれました。文化の日（明治節）に誇るのは、何より明治生れであること。明治の気骨を貫いた人生が思われます。

深吉野《みよしの》や月光に鯉ひるがへり　上田日差子《うえだひざし》

――吉野は花の名所であるとともに、歴史の舞台にもなった所。今なお深い闇をたたえる深吉野の月光に照らされて、鯉が身をひるがえしたのです。

おい癌《がん》め酌《く》みかはさうぜ秋の酒　江國《えくに》 滋《しげる》

――癌を宣告された作者が死の直前に詠んだ句。自身を犯す癌に向かって、最期の酒を酌み交わそうと語りかけているのです。

辞世また酒の句にして秋の風　鷹羽狩行

――江國滋への追悼句。生涯酒を愛した江國に、「酒」の字を詠み込んで死を悼み、別れの挨拶としたのです。

この樹登らば鬼女となるべし夕紅葉　三橋鷹女《みつはしたかじょ》

——夕日に照り映える紅葉は、怪しいばかりの美しさ。そんな木に登ったら鬼女になってしまうに違いないと、取り憑《つ》かれたように眺めているのです。

みかん黄にふと人生はあたたかし

高田風人子《たかだふうじんし》

——青い蜜柑《みかん》がだんだん黄色く熟すように、人生もまた熟すのでしょう。ある日ふと「人生はあたたかし」との思いが過ぎったのです。

冬

眼前に等伯《とうはく》の松片時雨《かたしぐれ》

棚山波朗《たなやまはろう》

——長谷川等伯は石川県七尾の出身で、作者にとっては同郷の人。代表作「松林図」さながらの松林を時雨の中で静かに眺めているのです。

案のごとくしぐるゝ京となりにけり

久保田万太郎

——歌人吉井勇《よしいいさむ》への追悼句。京都祇園を詠んだ歌があることから、「京」を詠んで、偲ぶ思いを時雨に託したのです。

黄泉《よみ》に文書けよと朴《ほお》の散りにけり　藤《ふじ》田《た》直子《なおこ》

――まるで「黄泉に文」を「書け」というように、大きな「朴落葉」が降ってくるのです。一句の内容から「朴落葉」を季語とするとわかります。

みづからの光りをたのみ八ッ手咲く　飯田龍太

――「八ッ手」は初冬に、茎の先に小花の集まった丸い房をつけます。目立たず静かに咲く姿を、「みづからの光をたのみ」と表現したのです。

かつてラララ科学の子たり青写真　小《お》川《がわ》軽《けい》舟《しゅう》

――「ラララ」といえば鉄腕アトム。アトムは明るい未来の象徴でした。「青写真」は「科学の子」だった少年の未来図のようであり、過去の印画のようでもあります。

冬蜂《ふゆばち》の死にどころなく歩きけり　村上《むらかみ》鬼城《きじょう》

――「蜂」は春の季語。冬まで生き残った蜂が飛ぶ力もなく、明るい日溜まりをよろよろと歩いているのです。

冬菊のまとふはおのがひかりのみ　水原《みずはら》秋《しゅう》櫻子《おうし》

――菊は生命力の強い高貴な花。寒気をものともせずに、光を浴びて咲いているのです。その姿を、「冬菊」自身が発する「ひかり」と捉えています。

狼は亡び木霊《こだま》は存《なが》らふる

三村純也《みむらじゅんや》

――「亡ぶ」と「存ふ」という対義語を一対に詠んだ句。「亡び」たものが「狼」で、「存ふる」ものが「木霊」であると表現した点に意外性があります。

強霜の富士や力を裾までも

飯田龍太

――「富士」は「霜」を力とし、「裾」まで緩めることなく堂々と立っているのです。中七《なかしち》の「や」は調べを引き締める働きをしています。

オルガンのペダルを踏んで枯野まで

対馬康子《つしまやすこ》

――「オルガンのペダルを踏んで」から「枯野」への意外な展開がこの句の面白さ。風に鳴る「オルガン」に「枯野」を感じているのです。

行きずりの焚火に呼ばれあたたかし

藤本安騎生《ふじもとあきお》

――「あたたかし」も季語ですが、この句の季語は「焚火」。「どうぞお当たりください」との声が聞こえるようで、句そのものに温もりが感じられます。

日向ぼこ水平線より何も来ず　西山《にしやま》睦《むつみ》

――冬の日差しの中で眺める海。もっとも遠くにある「水平線」は、眼前のものであり、作者が心の中に描く「水平線」でもあるのでしょう。

残り生《よ》は忘らるるため龍《りゅう》の玉　山上《やまがみ》樹実雄《きみお》

――忘れられるために「残世」があるという思いに、人生に対する潔い覚悟があらわれています。それは艶々と美しい瑠璃《るり》色の「龍の玉」のようです。

寒夕焼《かんゆやけ》妻と見る日を賜りし　綾部《あやべ》仁喜《じんき》

――「寒夕焼」の美しさは酷寒のもの。たちまち失われる茜色の空も、それを「妻」と眺める喜びも、そして命も、「賜りし」ものとして捉えているのです。

荒波へ蕾《つぼ》み初めたり野水仙　大坪《おおつぼ》景章《けいしょう》

――越前海岸などの、荒波寄せる海辺に咲く「野水仙」です。吹きすさぶ風に打たれ、それでもしっかり「蕾」を付け始めたのです。

月一輪凍湖一輪光りあふ　橋本《はしもと》多佳子《たかこ》

――「月一輪」に対して「凍湖一輪」が絶妙。天上の「月」と、地上に凍てきった「湖」が互いを照らし合うかのごとき荘厳さです。

あをあをと星が炎えたり鬼やらひ

相馬遷子《そうませんし》

――「鬼やらひ」は節分の季語。一年でももっとも寒い頃ですが、翌日は立春。春の訪れを告げるように、天上には「あをあをと」星が燃えているのです。

絵を描いてしづかな子供冬鷗《ふゆかもめ》

山西雅子《やまにしまさこ》

――「冬鷗」とありますから、海辺の風景です。夏の賑わいも、春ののどかさも、秋の清々しさもありませんが、「しづかに」絵を描いている愛しい子です。

砂を噛む千鳥もあらむ九十九里

村上喜代子《むらかみきよこ》

――「九十九里」の「千鳥」といえば高村光太郎《たかむらこうたろう》の『智恵子抄《ちえこしょう》』。「あらむ」は「いるだろう」という意味の推量。「千鳥」は智恵子の化身のようです。

雪が降り石は仏になりにけり

今井杏太郎

――静かに降る雪に覆われて、「石」がまるで「仏」の姿になったようだと感じているのです。

金星や賜ひし炭を火にしつゝ

中村草田男《なかむらくさたお》

――前書によって「炭」をくれた人への挨拶句であることがわかります。「炭」で暖を取る感謝の思いが、「金星」にも込められています。

大海の端踏んで年惜しみけり

石田《いしだ》勝彦《かつひこ》

――海を眺めつつ振り返る一年。波打ち際に佇む自己を、「大海の端」を「踏」むと表現することで、去りゆく年を惜しむ思いを表現したのです。

新年

吐く息のしづかにのぼる弓始

小島《こじま》健《けん》

――新年最初に弓を引くのが「弓始」。その淑気《しゅくき》みなぎる緊張感を「吐く息」で表現した作品。「しづかにのぼる」に、矢を射る人の白い息が見えます。

正月の地べたを使ふ遊びかな

茨木和生

――独楽《こま》回し、羽根突き、凧揚《たこあ》げ。これらはみな「地べた」を使う「正月の遊び」。子どもたちは新年の「地べた」から、地のエネルギーを得るかのごとくです。

手毬唄《てまりうた》かなしきことをうつくしく

高浜虚子《たかはまきょし》

――「手鞠」は俳句では正月の季語。ひなびたメロディーに乗せつつ、「かなしき」ことが「うつくしく」唄われるのです。

初弥撒《はつミサ》や息ゆたかなる人集ひ

福永耕二《ふくながこうじ》

――新年の教会に集う人々を捉えた句。「息ゆたかなる」に、神への深い祈りを捧げる人々の姿が見えます。

やり羽子や油のやうな京言葉

高浜虚子

――「やり羽子」は一つの羽子を二人以上で突く遊び。なめらかに交わされる「京言葉」を「油のやうな」と捉えて比喩《ひゆ》そのものが新鮮です。

おわりに

わたしは添削指導を受ける、という形で俳句を学び始めました。師事したのは関戸靖子《せきどやすこ》先生で、石田波郷《いしだはきょう》系の俳人でした。三十歳の時です。原稿用紙に俳句を書いて送ると、激励の言葉とともに、赤い万年筆で丁寧に添削して戻してくださいました。その時、拙《つたな》い五・七・五が添削によって見事に俳句になることに驚きました。やがて句会に参加するようになると、句会に出された俳句の添削によって、さまざまな表現方法や俳句そのものの懐の深さがわかるようになりました。添削という方法は、単なる個別の実践指導ではなく、俳句がどういう文芸なのかを伝えるための有効な方法でもあるのです。たとえば、こんなことがありました。

　まだ初学のころ、〈顔見世の初日と思ひ湯に入りぬ〉という句を作りました。この句は「顔見世」が冬の季語で、京都の年の瀬の風物詩です。そうすると、先生はこの句を〈顔見世の初日と思ふ湯に入りぬ〉と添削されました。原句の「思ひ」が「思ふ」と直されたのです。たった一字の添削です。しかし、その一字の違いの意味を、当時のわたしはよく理解できませんでした。先生も何の説明もされなかったのです。しかし、今はこの添削の意味がよくわかります。〈顔見世の初日と思ひ湯に入りぬ〉は単なる事柄の報告。この本の中で、やってはいけないこととして上げた作例です。しかし、〈顔見世の初日と思ふ湯に入りぬ〉

なら俳句です。身を浸す「湯」そのものが、一年に一度の「顔見世の初日だと思いながら味わう湯」だからです。師走を迎えた南座辺りの賑わいや、華やかな舞台を思いやっての「湯」なのです。こんなことが可能な文芸は他にはないでしょう。俳句という文芸の面白さを、たった一字の添削が語っているのです。

わたしが「NHK俳句」で添削教室を担当したのは三年間（二〇〇九〜二〇一一年）です。その間におよそ八百句近くの作品を添削しました。添削はしなくても、毎月投句される作品を全部読んでいますから相当な作品に目を通したことになります。その時、一句一句と会話している思いでした。そして、お伝えしたいことがたくさんありました。それらを整理したのがこの本です。添削によって俳句が新鮮な作品になるということは、表現技法に「コツ」があるということです。しかも「コツ」は小手先の技ではありません。俳句の本質に通じているのです。「9つのコツ」を根気よくマスターしてください。きっと作品が変わってきます。そして、世界最小の文芸をもっと楽しんでください。俳句の世界が飛躍的に広がります。

平成二十五年八月吉日

井上弘美

装幀　芦澤泰偉
装画　矢吹申彦
DTP　天龍社
校正　青木一平
協力　板橋麻衣
執筆　（「旧仮名遣いの基礎知識」）大塚康子（「汀」同人・俳人協会会員）

井上弘美（いのうえ・ひろみ）
1953年、京都市生まれ。「汀」主宰。「泉」同人。俳人協会幹事・日本文藝家協会会員・俳文学会会員。武蔵野大学非常勤講師。早稲田大学・淑徳大学の社会人講座などの講師。朝日新聞京都俳壇撰者。2019年度「NHK俳句」選者。句集に『風の事典』『あをぞら』（第26回俳人協会新人賞）『汀』『井上弘美句集』がある。

NHK俳句
俳句上達9つのコツ　じぶんらしい句を詠むために

2013年9月20日　第1刷発行
2022年6月30日　第9刷発行

著　者　井上弘美　
発行者　土井成紀
発行所　NHK出版
〒150-8081　東京都渋谷区宇田川町41-1
電話　0570-009-321（問い合わせ）
　　　0570-000-321（注文）
ホームページ　https://www.nhk-book.co.jp
振替　00110-1-49701
印　刷　大熊整美堂
製　本　藤田製本

Printed in Japan ISBN978-4-14-016217-0 C0092